Marlene Streeruwitz

als Nelia Fehn

# Die Reise einer jungen Anarchistin in Griechenland.

Roman

S. FISCHER

MIX
Papier aus verantwortungsvollen Quellen
FSC® C083411

Erschienen bei S. FISCHER



Satz: Dörlemann Satz, Lemförde
Druck und Bindung: CPI books GmbH, Leck
Printed in Germany

ISBN 978-3-10-002244-8

# Alpha

**In dem Augenblick** hätte es mich nicht gewundert, wenn ich vor Sehnsucht und Verzweiflung in die Luft aufsteigen und fliegen hätte können und so doch nach Athen gekommen wäre. Ich kann mich sehen, wie ich der Fähre nachschaue und wie die Enttäuschung, nun nicht nach Athen zu kommen und deshalb Marios nicht zu sehen, ins Unermessliche steigt. Wenn Gefühle etwas bedeuten würden, dann hätte ich über der Fähre schweben müssen, aber ich stand da und sah zu, wie dieses riesige Schiff davonfuhr.

Ich war in Fassungslosigkeit versteinert und konnte nicht begreifen, dass nun alles nicht so sein sollte, wie wir es uns gedacht hatten. Ich starrte auf die davonsegelnde Fähre, hörte das Tuten. Ich konnte die Leute sehen, die an der Reling lehnten und zurückschauten. Ich hasste Evangelos und hätte ihn morden können. Evangelos war schuld an meinem Unglück. Er war an Bord, und ich stand am Hafen. Ich konnte ihn aber nicht unter den Leuten da sehen, und dann war das Schiff auch schon zu weit weg, jemanden erkennen zu können.

Das Schiff war schon fast am Horizont angelangt, als ich

mich erst wieder bewegen konnte. Das war die letzte Fähre des Tages nach Athen gewesen. Es gab keine Flüge mehr. Ich war auf dieser Insel gefangen. Vor dem nächsten Tag gab es keine Möglichkeit, von dieser Insel wegzukommen, und ich würde Marios nicht sehen.

Ich setzte mich auf eine dieser Betonbänke, die entlang der Straße zum Fährenhafen standen. Es war das Ende eines sehr heißen Tages. Alles war staubig, die Oleanderblüten hingen nach dem langen Sommer schon halbvertrocknet und dürr herunter. Auf der Straße fuhren keine Autos, und ich war fast alleine da. Die Geschäfte des Tags waren ja erledigt. Die letzte Fähre nach Athen war ausgelaufen. Ich saß da und schaute auf die Festung gegenüber. Die hochaufragende Fähre verdeckte die Aussicht ja nicht mehr.

Auf der Bank musste ich dann doch weinen. Eigentlich weine ich nicht mehr so viel. Aber ich habe in den schlimmen Zeiten gelernt, dass Weinen eine Art von Sprechen ist. Mein Weinen ist zu einer Art Selbstgespräch geworden, und ich weiß aus meinem Weinen am besten, wie es mir geht. Ich verstehe deshalb nicht, warum das Lachen so akzeptiert sein kann, wenn das Weinen doch viel wichtiger ist. Aber ich habe mich in diesen Sachen unabhängig machen müssen, es hat mich nämlich nie jemand dafür gemocht, dass ich nicht geweint habe und alles unterdrückte. Mit dem Weinen bin ich zwar allen Leuten schrecklich auf die Nerven gegangen, und besonders die Familie meiner Mutter in Kaiserbad fand das übertrieben und neurotisch. Aber so habe ich wenigstens nie aufgehört, mit mir selbst zu reden. Es ist doch die größte Angst, nach so einem Ereignis wie dem Tod der Mutter, dass eine nie wieder sprechen kann. Das können wiederum nur die wissen, die es erlebt haben, und deshalb hat es keinen Sinn, sich nach denen zu richten, die es lieber nicht wissen wollen.

Auf der Betonbank im Hafen von Heraklion war ich aber ganz allein, und es konnte niemanden stören, dass ich weinte. Ich saß da. Der Stoff meiner Bluse blieb an dem rauen Beton der Bank hängen, und ich spürte, wie bei jeder Bewegung ein neuer Faden aus dem Batist am Beton hängenblieb und wie meine Bluse immer hässlicher wurde. Ich blieb sitzen. Es war ja ohnehin alles zu Ende.

Marios war da schon nicht mehr zu erreichen. Wir hätten einander so gegen Mitternacht an der Metrostation Monastiraki treffen sollen. Marios hatte immer Prepaids, und ich hatte seine neue Nummer nicht. Alle in Marios' Gruppe haben keine Vertragshandys wegen der Überwachung, und vor Demonstrationen waren alle besonders vorsichtig. Marios hatte mich knapp vor der Abfahrt von der Sidi in Churio noch einmal angerufen und mir gesagt, ich müsste einen Baumwollschal für die Demonstration mitbringen. Der Schal müsse aber unbedingt aus Baumwolle sein und dürfe auf keinen Fall eine Kunstfaser enthalten, weil nur die Baumwolle beim Tränengas schützen könne. Die Sidi hat mir dann einen von ihren Batikschals geborgt und so skeptisch geschaut, als wüsste sie, wofür ich den Baumwollschal bräuchte. Die Sidi war ohnehin gegen diese Reise nach Athen. Sie hat aber gewusst, dass ich entschlossen war, dahin zu reisen, und sie hatte ja auch kein Recht, mir etwas zu verbieten. Die Sidi ist nur meine Halbschwester, und ich bin seit fast einem Jahr volljährig, also hätte sie nichts dagegen tun können. Die Sidi hat manchmal das Gefühl, sie muss mir die Mami ersetzen, weil sie ein schlechtes Gewissen hat. Die Sidi war schon zweiunddreißig Jahre alt gewesen, wie die Mami gestorben ist, und sie hat die Mami viel länger gehabt als ich.

Aber Sidis Baumwollschal war im Rucksack geblieben und der Rucksack im Auto von dem Evangelos und das Auto mit dem Evangelos auf der Fähre. Der Rucksack war auf dem Weg nach Athen.

Ich hatte den Schal schnell in den Rucksack oben hinein gestopft, weil der Evangelos vor dem Haus draußen schon gehupt hatte, da wir längst abfahren hätten sollen. Der Evangelos musste nach Athen und nahm mich zur Fähre mit. Die Sidi hat ihm noch etwas zugerufen, aber das war auf Griechisch, und ich kann das nicht. Aber es war zu hören, dass er auf mich achtgeben sollte. Der Evangelos ist aus Churio, er ist ein Freund von Sidis Mann Angelos und ein Verwandter von Marios. Und als mir das einfiel, wurde mir schrecklich elend, denn ich stellte mir vor, dass der Evangelos den Marios in Athen treffen würde und ihm sagen könnte, dass er mich geküsst hätte. Dass ich auch nur so eine von diesen geilen Touristinnen sei und der Marios sich in mir getäuscht hätte.

Natürlich war das eine reine Opferreaktion. Es war ja der Evangelos gewesen, der sich im Auto zu mir herübergebeugt hatte und mich küsste. Es ist nicht schön, dass es keine Bezeichnung für einen erzwungenen Kuss gibt. Und dass ich dazu, dass der Evangelos seine Lippen auf meine gepresst und mir seine Zunge in den Mund gezwängt hat, auch Kuss sagen muss, das ist traurig. Das mit dem Kuss, das war knapp vor der Auffahrt auf die Fähre gewesen. Das Auto vom Evangelos war in so einem langsamen Schleichgang auf die Rampe zur Fähre zugefahren, und ich hatte mich nur auf die Ankunft gefreut und dass ich Marios sehen würde, und plötzlich hat sich der Evangelos so über mich geworfen. Er hat sich vom Fahrersitz zu mir herübergewälzt und hat meinen Kopf mit seinem Kopf gegen die Kopfstütze gedrängt und hat mich zu küssen versucht. Ich hatte noch nicht begriffen, was da passierte, da war ich schon aus dem Auto draußen. Ich weiß gar nicht, wie ich das gemacht habe. Ich habe keine Erinnerung an eine Autotür in der Hand oder wie ich beim Aussteigen aus dem langsam rollenden Auto gezwungen bin, ein Stück mitzulaufen. Ich weiß nur mehr, wie mein Kopf gegen die Kopfstütze gezwängt wird und die Zunge von Evangelos sich in meinen Mund bohrt, und dann laufe ich schon vom Auto davon in die andere Richtung, von der Fähre weg. Ich lief die Autoschlange hinter uns entlang und wollte nur weg. Dann hörte ich das Abfahrtssignal und lief ein Stück zurück. Ich wollte zum Büro von den Minoan Lines, dann war das aber sehr weit weg, und ich drehte wieder um. Dann war ich davon besessen, ein Ticket kaufen zu müssen, und lief wieder zum Büro. Da war aber niemand. Ich wollte zur Fähre zurück, und da lief die gerade aus. Es geht ja dann immer sehr schnell mit dem Beladen dieser Fähren. Ich konnte nur mehr zusehen, wie die Klappe hinten hinaufgezogen wurde. Das Wasser brodelte unter dem Schiff, und dann rauschte es davon. Das Schiff war bald auf dem Meer draußen und weit weg, und ich war zurückgeblieben. Nur mein Rucksack war an Bord. Der lag im Kofferraum von Evangelos' dunkelgrünem Ford Fiesta.

Ich musste dann von der Betonbank zu den Toiletten beim Büro der Minoan Lines zurückgehen. Die Toiletten waren in einem rosaroten Betonhäuschen, und ich überlegte, ob ich da irgendwo bleiben konnte, um am nächsten Tag so schnell wie möglich nach Athen zu kommen. Aber in dem Häuschen war alles sehr eng, und es lag mit der leeren Bürobaracke von allem weit weg da, und ich wusste nicht, was in dieser Gegend in der Nacht ablief. Es gab viele Glassplitter von zerbrochenen Flaschen auf dem Parkplatz, und die Papierkörbe gingen über von zerdrückten Bierdosen.

Ich wusch mir noch das Gesicht und spülte den Mund aus, aber der Geschmack von dem Kuss ging nicht weg. Es war so etwas Scharfes, das gleich wieder zurückkam. Ich musste mir etwas zu trinken besorgen, um diesen Geschmack wegzubekommen. Wodka. Whisky. Gin. Aber weil das Ganze so ungerecht war und mir schon wieder die Tränen über die Wangen liefen, musste ich das Gesicht noch einmal waschen. Während ich mir das Gesicht mit einem Papierhandtuch trocknete und in den Spiegel schaute, fiel mir ein, wie ich in Churio gehört hatte, dass Evangelos nach Chania ins Puff fährt, und dann ekelte mir noch mehr. Ich hätte ewig in diesem Clohäuschen bleiben können und mir noch lange und immer wieder das Gesicht waschen und den Mund ausspülen, aber dann ekelte mich auch dieser Waschraum an.

Draußen war noch immer diese staubige Hitze und die Sonne noch im Sinken so stark, als wäre Mittag. Ich ging an der Betonbank vorbei und setzte mich auf die nächste.

Es war schrecklich ironisch, dass ich mir den Mund ausspülte, weil mich ein Mann geküsst hatte, der zu Prostituierten ging, und ich nach Athen hätte fahren wollen, um zu einer Demonstration für die Rechte von Prostituierten zu gehen, und ich hasste diesen Evangelos noch mehr.

Die Demonstration war für die HIV-Frauen und gegen die Polizei und den Innenminister. Die Polizei hatte die Frauen festgenommen, weil man behauptete, sie wären HIV-kranke Prostituierte, die aus dem Ausland nach Griechenland gekommen wären. Der Innenminister hatte angenommen, dass alle Prostituierten aus dem Ausland kämen und dass mit ihrer Festnahme der griechische Familienvater vor der Ansteckung mit HIV geschützt werden müsse. Natürlich wäre das Problem kein Problem, wenn der griechische Familienvater nicht zu Prostituierten ginge. Aber es war ja schon aus den Bemerkungen über Evangelos' Puffbesuche zu sehen, dass man fand, dass das dem griechischen Familienvater zustand. Es schien eine Art Selbstverständlichkeit für den Innenminister zu sein, dass er den griechischen Familienvater vor den Krankheiten dieser Frauen schützen musste, und alle großen Medien hatten da mitgemacht. Es waren dann in Razzien Prostituierte aufgegriffen und verhaftet und gleich der Presse vorgeführt worden. Man ging wohl auch davon aus, dass die Grundrechte dieser Frauen von niemandem und vor allem von den Frauen nicht eingefordert werden könnten, weil sie alle aus dem Ausland kamen. Die Fotos von diesen Frauen waren in allen Medien veröffentlicht worden, obwohl nicht einmal ein Haftbefehl vorgelegen hatte. Alle diese Frauen waren als HIV-krank abgestempelt worden. Dann aber hatte sich herausgestellt, dass nur zwei von den festgenommenen Frauen wirklich mit HIV infiziert waren. Und dann waren diese Frauen auch noch Griechinnen gewesen, und alle anderen Frauen aus Afrika oder Ägypten waren nicht infiziert. Aber das war dann schon nicht mehr zu erfahren gewesen, und die Frauen waren auch nicht aus der Haft entlassen worden. Deshalb sollte für die Anerkennung der Grundrechte dieser Personen demonstriert werden.

Es ginge um die lange Geschichte des Schattenstaats in Griechenland. Marios sagte »the secondary shadow system of state and power« und meinte, dass das der eigentliche Staat sei. Die Polizei und der riesige Apparat des Innenministeriums und das Militär seien als dritte Partei an dem

Kampf der Linken und Rechten um Griechenland beteiligt. Die CIA regiere auf diese Weise das Land. Seit dem Zweiten Weltkrieg und seit Großbritannien Griechenland aufgegeben habe, sei Griechenland eine Kolonie der CIA. Von der Militärdiktatur bis zur Unterwanderung seiner Gruppe sei man immer mit Agenten der CIA konfrontiert. Die Faschisten gäben das auch offen zu, und es sei deshalb nicht nur wichtig, für die Grundrechte dieser Frauen zu demonstrieren. Es ging auch darum, diesen Schattenstaat herauszufordern und damit zu entlarven. »To uncover«, sagte er. Marios und ich, wir müssen Englisch miteinander sprechen. Ich kann nur ein paar Sätze auf Griechisch.

Dass ich kein Griechisch kann, das ist eine schlechte Erbschaft von meiner Mami. Meine Mutter war so entsetzt darüber gewesen, dass die Sidonie einen griechischen Macho geheiratet und von da an für diesen Mann alle Arbeiten erledigt hat, dass sie mit der Sprache dieses Mannes nichts zu tun haben hat wollen. Das war auch wirklich so. Die Sidi hat alles gemacht, und der Angelos hat mit den Feriengästen in ihrem Resort für veganes Leben am Strand gesessen und hat praktisch nichts getan. Dann hat er die Sidi auch immer kritisiert und sie vor uns schlecht behandelt und sich lustig gemacht über uns aus Wien. Er hat ihre Art zu kochen nicht gut gefunden und dann so an ihrer Schürze gezupft und gemeint, sie solle etwas Attraktiveres anziehen. Solche Sachen hat er für uns zur Sidi auf Englisch gesagt, damit wir es auch wirklich verstehen können. Die Mami konnte das natürlich nicht aushalten. Wir haben dann bei der Sidi gewohnt, wenn wir sie besucht haben, aber die Mami hat immer den vollen Preis bezahlt, damit der Angelos sich nicht aufregen konnte.

Die Mami hat sich sehr oft die Frage gestellt, was sie falsch gemacht hat. Als Feministin hätte sie sich für ihre Tochter schon eine andere Partnerwahl vorgestellt, und die Sidi hat das gewusst. Aber die Sidi hat dann so fein gelächelt und jede Diskussion abgewehrt. Die Mami hat sich dann noch hilfloser gefühlt und war ziemlich verzweifelt. Es ging ja um das Glück von der Sidi, und sie hat der Sidi Geld zugesteckt, damit sie nicht so total vom Angelos abhängig sein musste. Die Sidi hat das Geld wieder aus der Schürzentasche herausgeholt und auf den Tisch gelegt. Der Angelos hat die Augen verdreht und ist hinausgegangen. Das Geld hat dann er mitgenommen. Das waren sehr komplizierte Situationen, und heute würden wir uns die natürlich herbeiwünschen. Sogar der Angelos ist traurig über den Tod von unserer Mutter und würde lieber wieder Streit mit ihr haben. Die Mami und der Angelos haben auch schon nur Englisch miteinander reden können. Die Sidi spricht natürlich mittlerweile perfekt Griechisch. Ich kenne den Marios aber erst seit zwei Monaten, und ich werde ganz sicher Griechisch lernen. Bis dahin müssen wir aber im Englischen bleiben, und das kann wieder ich viel besser.

Auf jeden Fall wäre die Mami zur Demonstration für die HIV-Frauen mitgekommen, und auf der Bank an der Straße zum Hafen von Heraklion war ich wieder sehr traurig darüber, was ich an ihr verloren habe. Dann fiel mir auch wieder dieser Mann ein. Der Evangelos war alt, und der hatte mit der Mami geflirtet. Wenn die Mami zur Sidi gekommen war, dann hatte sie manchmal der Evangelos vom Flughafen in Chania abgeholt, weil die Sidi damals noch kein Auto hatte und der Angelos sie nicht mit seinem fahren ließ.

Der Evangelos hat solche Sachen gern gemacht, und er ist dafür bezahlt worden. Er ist aber auch mit der Mami herumgefahren und hat sie einmal mitgenommen zu einer Hochzeit in den Bergen oben. Zu Neujahr hat er bei der Mami in Wien angerufen, und dann haben die beiden einander »Happy New Year« zugerufen. Der Evangelos konnte nämlich überhaupt kein Englisch, und die zwei haben immer darüber gelacht, wie sie nicht miteinander reden haben können. Dann ist die Sidi ans Telefon gekommen und hat übersetzt, dass der Evangelos gerade bei ihnen sei und dass er alles Gute wünschen wolle, und die Mami hat alles Gute zurückgewünscht. Der Evangelos war ein Verehrer von meiner Mutter und ein Freund der Familie gewesen. So jemand durfte mich doch nicht einmal küssen wollen, und dass er es versucht hat, das war Verrat.

Aber dann dachte ich mir doch, dass ich vielleicht etwas missverstanden habe. Vielleicht hatte der Evangelos nur einen Scherz machen wollen und saß jetzt lachend über die verschreckte Wienerin an Bord der Fähre. Aber warum konnte ich dann diesen ekligen Geschmack nicht wegbekommen, und warum hatte ich flüchten müssen? Es hatte sich nicht wie ein Scherz angefühlt, ich wurde wütend. Wie kam ich dazu, wegen der Geilheit eines alten Mannes meinen Marios nicht sehen zu können oder ihn sogar zu verlieren. Marios musste sich ja denken, dass ich nicht kommen wolle, wenn ich nicht in dieser Metrostation auftauchte.

Wir wollten einander gegen Mitternacht vor der Metrostation Monastiraki treffen, und Marios hatte mir ganz genau gesagt, welchen Ausgang ich nehmen sollte. Es musste so spät sein, weil die Fähre nicht früher ankam und ich so genug Zeit gehabt hätte, von Piräus mit der Metro da hinzufahren. Wenn die Polizei die Station schließen sollte, dann sollte ich nach Thissio zurückfahren und dort warten. In Athen gibt es immer noch öffentliche Telefone, und Marios wollte mich dann von so einem anrufen, wenn wir einander nicht finden sollten. Marios hatte an alles gedacht gehabt, nur daran nicht, dass ich Athen nicht erreichen könnte. Wir hatten keinen Augenblick daran gedacht, dass so etwas möglich wäre, und ich war schrecklich unglücklich. Ich hatte keine Adresse von Marios und keine Telefonnummer von seiner Familie. Ich wusste viel über seine Familie, aber wir hatten nie daran gedacht, Adressen auszutauschen. Warum hätten wir das tun sollen? Marios hatte die Nummer von meinem iPhone, und er kannte die Sidi und den Angelos. Die Sidi hatte wahrscheinlich eine Adresse von Marios oder von seiner Familie.

Marios war nach Churio gekommen, weil er sich um das

Häuschen von seiner Mutter kümmern musste. Dieses Häuschen war im Sommer an Touristen vermietet worden. Es lag mitten im Dorf und war eines von diesen weißgekalkten Bauernhäuschen, wie Touristen sich das vorstellten. Weißgekalkte Wände, winzige Zimmerchen, ein offener Kamin, blaugestrichene Fenster und Türen und ein weißgekalktes, flaches Dach. Vom Dach aus kann man auf das Meer hinausschauen. Es waren schon die Großeltern von Marios von Churio nach Athen gezogen. Evangelos und seine Schwester Antigoni hatten sich für Marios' Mutter um die Vermietung des Häuschens gekümmert. Wegen der neuen Grundsteuern und weil Marios' Eltern beide arbeitslos geworden waren, war es um die Abrechnung gegangen. Es hatte Streit zwischen Marios und Evangelos gegeben. Die Antigoni hatte ihren Kopf geschüttelt und nichts gesagt. Die Antigoni macht Honig und Joghurt und verkauft das sowie die Nüsse von ihrem Nussbaum vor ihrem Haus. Sie sitzt den ganzen Tag auf ihrem himmelblauen Sesselchen und schaut der Welt zu. Die Sidi hat einmal gesagt, dass der Marios das Haus überschrieben bekommen hatte, weil es die Eltern mehr an Steuern gekostet hätte, als der Evangelos mit der Vermietung hereingebracht hatte. Marios hat Soziologie studiert und arbeitet schwarz in einer Bäckerei. Die Miete von diesem Haus hätte er jedenfalls brauchen können. Der Evangelos hat sich aber irrsinnig aufgeregt darüber, dass die Athener sich nur an Kreta zurückerinnerten, wenn sie sich etwas von den Kretern holen könnten. Die Sidi glaubte, dass der Evangelos es mit dem Abliefern vom Geld nicht ganz so genau genommen hat und darüber die Streiterei ausgebrochen sei, aber ich weiß darüber nichts.

Eine der guten Erbschaften von der Mami war die Umhängtasche. Meine Mutter hatte immer Angst vor Taschendieben und Handtaschenräubern gehabt. Deshalb hat sie die Umhängtasche gepredigt, als wäre mit diesem Ding die ewige Seligkeit zu erringen, und dem Georg, meinem Halbbruder, hat sie geraten, seine Brieftasche in der Brusttasche seines Sakkos einzuknöpfen. Der Georg trägt aber erst jetzt Anzüge und hatte gar kein Sakko. Er hat über die Ängstlichkeit von der Mami genauso gelacht wie wir. Aber das hat die Mami nicht gestört. Wir würden schon noch sehen, wie recht sie habe, hat sie dann gesagt, und ich habe ihre Ratschläge ja dann auch befolgt. Deshalb hatte ich meine persönlichen Sachen im Hafen von Heraklion bei mir, weil ich die Umhängtasche meistens gar nicht abnehme und sie so bei meiner Flucht aus dem Auto von Evangelos nicht auch noch zurückgelassen hatte. Ich hatte also meinen Pass bei mir. Mein Führerschein war da. Ein bisschen Geld und mein iPhone und Bankomatkarte und Kreditkarte. Dann war da noch ein Leinentaschentuch, Tampons und ein Labello.

Was sollte ich jetzt tun? Ich war todmüde. Ich war noch mehr erschöpft bei der Vorstellung, die Sidi anzurufen und ihr das alles zu erklären. Was sollte ich auch sagen. Schon wenn ich mir überlegte, wie ich das alles erzählen sollte und sagen, dass dieser alte Kerl mich küssen hatte wollen, konnte ich die Geschichte selber kaum glauben, und ich kam mir lächerlich vor. Du hast überreagiert, sagte eine dieser oppositionellen inneren Stimmen. Die Außenwelt ist ja innen immer stark vertreten und versucht, eine gegen sich selbst zu regieren. Es war schon schlimm genug, sich mit sich selbst herumschlagen zu müssen und die spontanen Reaktionen gegen sich selbst zu verteidigen, wenn aber dann jemand außen auch noch diese Argumente einbrachte, dann war das Selbstwertgefühl gleich ganz verbraucht. Obwohl ich mir vorwerfen musste, überreagiert zu haben, weil es nicht klug gewesen war, einfach davonzurennen.

Heute weiß ich auch, dass alles für viele Menschen anders gekommen wäre, wäre ich sitzen geblieben und hätten den Evangelos ausgelacht. Im Nachhinein erschien es ganz leicht, ihm eine zu knallen und ihn anzuherrschen, seine Hände am Steuer zu lassen. Die eigentliche Erinnerung ist Evangelos' Kopf und wie er meinen Kopf gegen die Kopfstütze zwingt, und dann kann ich diese Flucht trotz allem nicht bereuen. Es war ja alles in der kürzesten Zeit geschehen, und da konnten mich alle inneren Stimmen kritisieren, wie sie wollten, ich konnte es nicht anders machen.

Auf der zweiten Betonbank da quälten mich die fürchterlichsten Zweifel an mir selber und die Angst und immer wieder auch die Gewissheit, Marios für immer verloren zu haben. Mittlerweile war die Sonne schon tief gesunken. Ich ging noch einmal zu dem Toilettenhäuschen zurück. An der westlichen Seite dieser winzigen Baracke hatte sich ein Paar niedergelassen. Sie saßen auf ihren Schlafsäcken in der Sonne. Ich hatte niemanden an mir vorbeigehen gesehen und fragte mich, woher diese beiden Personen kamen. Ich beeilte mich deshalb und machte mich auf den Weg in das Zentrum.

Ich ging die Straße entlang. Erst gab es keinen Fußweg, und ich musste am Straßenrand auf dem Begrenzungsstreifen dahinbalancieren. Die Stadt ist aber dann gleich da, und die Straßen führten steil hinauf. Ich blieb stehen und schaute in meinem iPhone nach, wo es billige Zimmer geben könnte und wo ich mich gerade befand. Da, wo ich war, da war nichts eingetragen, und ich ging weiter. Es gab unglaublich viele Hotels in der Stadt, aber es war keines zu sehen. Ich war auch in so eine Müdigkeit eingefangen, dass ich lieber dahinwanderte, als eine Entscheidung zu fällen. Ich dachte, es würde mir schon ein Hotel unterkommen. Ich sollte etwas essen, aber auch da konnte ich mich zu nichts entschließen. Auf der Fähre hätte ich mir einen Salat aussuchen können, und ein Glas Wein hätte es gegeben. Es hätte auch sicher Gemüse zu essen gegeben. In Griechenland ist es ja einfach, Vegetarierin zu sein.

Ich ging dahin und schaute mich nach einem Lokal um, in dem ich auch Leute aus Heraklion sehen könnte, aber ich sah nichts. Ich hatte das Gefühl, als würde immer gerade das, was ich mir wünschte, vor meiner Nase weggezogen. Weil ich nach einem Hotel Ausschau gehalten hatte, waren alle Hotels verschwunden, und weil ich mich nach einer Taverne umschaute, war keine Taverne zu sehen. Ich kam an einem italienischen Restaurant vorbei, aber ich war so im Gehen, dass ich nicht stehen bleiben konnte und in das Lokal abbiegen.

Ich schaffte es dann, in einem Kiosk eine Flasche Wasser und ein Coca-Cola zu kaufen. Ich trank das Cola gleich im Gehen aus. Der süßherbe Geschmack und das Prickeln der Kohlensäure halfen kurz gegen die Erinnerung an diese fremde Zunge. Dann konnte ich dieses fremde Stück Fleisch aber wieder fühlen. Ich versuchte mich zu erinnern, wie wir durch Heraklion auf dem Weg zur Fähre gefahren waren und was ich da gesehen hatte. Ich verbesserte mich aber gleich auf die Frage danach, wie Evangelos durch Heraklion gefahren war. Ich wollte mit diesem Mann nicht in einem Wir zu finden sein, und er war ja gefahren, und ich hatte auf nichts achtgegeben, weil ich nur weg von hier gewollt hatte und nach Athen.

Die Sonne war dann untergegangen. Es war aber noch ganz hell und sehr warm. Da brauchte ich wenigstens keine Jacke oder einen Pullover. Das wäre alles im Rucksack gewesen.

Zuerst waren noch Bäume an den Straßenrändern, aber dann kam ich in die verwinkelten Gassen der Altstadt. Touristen saßen an den Tischen vor den Lokalen. Es war nicht so voll wie in der Hauptsaison, aber es war laut, und immer wieder war Musik zu hören.

Ich hielt weiter Ausschau nach einer billigen Pension.

Aber die kleinen Hotels, die ich da sah, schienen mir vom Lärm umgeben, und ich wollte Ruhe haben und nichts mehr hören. Ich war auch nicht mehr hungrig. Das Cola hatte ja auch Kalorien, und da fiel mir ein, dass ich das Coca-Cola getrunken hatte, ohne zu wissen, ob das für mich einwandfrei war, und dieser Gedanke machte mich noch mehr müde. Ich wusste, ich hätte das nachschauen sollen, aber ich konnte nur weitergehen, und dann kam ich wieder bergab und auf eine breite Straße. Da stand in himmelblauer Leuchtschrift »Cosmos Hotel«. Das war ein großes 5-Sterne-Hotel und das Gegenteil von dem, was ich mir vorgenommen hatte und was ich mir leisten konnte, aber ich war elend, musste Ruhe haben und ging in das Hotel hinein.

Es gab ein Zimmer für mich, aber ich musste dann doch die Sidi anrufen und sie bitten, die Rechnung mit ihrer Kreditkarte zu bezahlen. Ich hatte plötzlich das Gefühl gehabt, meine Kreditkarte war ausgemaxt, und dann würde ich wieder gehen müssen. Die Sidi wollte wissen, warum ich nicht auf der Fähre war und was da los sei, aber ich konnte sie nur bitten, das jetzt einmal für mich zu übernehmen, ich würde ihr alles am nächsten Tag erzählen. Es war aber auch so, dass meine Stimme seltsam brüchig geworden war und ich wirklich nicht weitersprechen hätte können. Ich konnte nur sagen, dass ich die Fähre versäumt hätte. Die Sidi redete dann mit dem Mann an der Rezeption, und alles ging ganz einfach. Der Mann gab mir meine Zimmerkarte, ich ging zum Lift. Mein Zimmer war im dritten Stock, es war groß, und ich konnte mich auf ein goldfarbenes Sofa fallen lassen.

Es war beruhigend, in diesem luxuriösen Zimmer für die Nacht aufgehoben zu sein. Die Klimaanlage rauschte und brummelte leise vor sich hin, und nach der Hitze draußen war es herinnen fast kalt. Das wirklich Beruhigende war aber die Sauberkeit. In einem heruntergekommenen Zimmer oder in einem engen stickigen Zimmer hätte ich nicht gewusst, wie ich die Nacht überstehen sollte. Manchmal muss man sich die Kraft aus dem Falschen holen. In diesem Zimmer war alles ja auch sehr weit weg und die Außenwelt wie weggesperrt.

Ich schaute auf dem iPhone wegen dem Coca-Cola nach. Auf der Firmenhomepage wurde Coca-Cola sogar als vegan angepriesen. Es würde keine Substanz aus Tieren oder Geflügel verwendet. Allerdings käme es vor, dass in der verwendeten Gelatine Substanzen von Fischen zu finden seien. Dann war das aber nicht vegan. Das war nicht einmal vegetarisch. Ich schaute in ein paar Foren hinein, und mein Verdacht wurde bestätigt. Coca-Cola war nicht vegetarisch, und es hatte dann auch nichts gegen den Geschmack von Evangelos' Zunge gemacht. Ich schaute, was es in der Minibar an hard liquor gab. Ich machte die Tür zur Minibar aber gleich wieder zu. Ich sollte kein Geld mehr verschwenden. Die Sache mit dem Coca-Cola war nicht so schlimm. Es war nur eine dieser Lügen. Es war eine dieser Lügen, von denen ohnehin alle wussten, dass sie Lügen waren. Man musste nur das Kleingedruckte durchstudieren, um zu einer gewissen Wahrheit zu gelangen, und man durfte kein Vertrauen haben. Coca-Cola betrog mich. Der Freund der Familie und Verehrer meiner Mutter und der entfernte Verwandte von Marios überfiel mich. Am Ende kosteten alle diese Übergriffe die Liebe. Mir war elend, und ich hatte Angst.

Ich versuchte wieder, Marios unter seiner letzten Telefonnummer anzurufen, aber diese Nummer gab es schon nicht mehr. Marios und seine Freunde haben ja auch jedes Vertrauen aufgegeben und machen sich unsichtbar. Sie schlüpfen unter der Handyortung durch und lassen sich nicht abhören. Sie benutzen das anonyme öffentliche Telefonnetz, so viel es geht. Aber ich verlor ihn jetzt deshalb auch. Es schien mir, dass man nur mehr Hand in Hand dahingehen und auf immer zusammenbleiben konnte. Dann war man sicher miteinander.

Ich legte mich auf das Bett und dachte mich die Zeit entlang in die geplante Wirklichkeit. Ich lag da und stellte mir vor, was ich jetzt gerade machen würde, wäre ich nach Athen gelangt. Ich war ja schon in Athen gewesen und konnte meinen Weg da finden. Nach der Uhr unter dem Fernsehapparat auf der Kommode in der Ecke war es gerade die Zeit, zu der ich in Athen ankommen sollte. Ich stellte mir vor, wie ich mit dem Rucksack von Bord ging. Ich wanderte über die Fußgängerrampe auf das Festland. Die Minoan Lines landen weiter draußen, und man kann auch mit einem Bus zur

Metrostation fahren. Aber man kann auch zu Fuß durch den Hafen zum Bahnhof von Piräus gehen. Es gibt einen grünen Tarmacweg für die Fußgänger, und es ist angenehm, nach dem stundenlangen Geschaukel wieder festen Boden unter den Füßen zu haben. Man wird da angebettelt, aber da muss man einfach weitergehen. Vorne in der Mitte muss man auf die Fußgängerbrücke hinauf und über die Hafenstraße hinübergehen. Von der Brücke oben kann man den ganzen Hafen überblicken. Die Bucht ist von bebauten Hügeln eingerahmt, und rechts und links leuchten goldene Kuppeln von Kirchen heraus, weit rechts liegt ein schwarzes Stadion. Von der Brücke kommt man direkt zum Seiteneingang vom Bahnhof hinunter, und es gibt noch vor dem Gebäude Ticketautomaten. Manchmal drückt einer auch jemand ein Ticket in die Hand. Die Fahrkarten sind eineinhalb Stunden lang gültig, und wenn diese Zeit noch nicht aufgebraucht ist, dann wird das Ticket weitergegeben. Ich habe das erst lernen müssen, und das erste Mal war ich richtig verstört gewesen, wie ein Mann mich angestoßen hatte und mir die Karte in die Hand drücken wollte. Marios hat mir das dann erklärt. Das wäre »a little solidarity«, und ich müsste so ein Ticket annehmen. Man müsse sich auch über einen so kleinen politischen Zusammenhalt freuen.

Aber ich gehe sowieso in die Halle das Bahnhofs unter das Tonnengewölbe aus dem 19. Jahrhundert. Es sieht da aus, wie alle Bahnhöfe in ganz Europa einmal ausgesehen haben. Ich löse meine Karte dort und muss nicht vor aller

Augen in meiner Geldbörse kramen. Es ist zwar für Griechenland ohnehin noch früher Abend, aber die Homeless, die im Hafen übernachten wollen, sind alle schon da. Es gibt viele Familien, die auf der Straße leben müssen, und die Kinder laufen um eine herum.

Im Bahnhof kann man immer in die Züge einsteigen, die da stehen. Der Bahnhof ist die Endstation, und die Züge fahren alle sieben Minuten in das Zentrum. Der Zug ist ein overground train, wie Georg das in London sagen würde. Man fährt lange nicht durch eine U-Bahn-Röhre, sondern oben durch die äußeren Bezirke. Lange Strecken führt das an kaputten Fabriken und Lagerhäusern und verlassenen Häusern vorbei. Dann sieht man wieder Wohnhäuser mit den vielen Balkons. Ich bin immer ganz neidisch, wenn ich diese Balkons mit den vielen Blumen und Grünpflanzen sehe. Ich wünsche mich dann unter eine dieser gestreiften Markisen, und Marios und ich trinken hinter unseren Balkonpalmen ein Glas Rotwein. Dann kommt eine elegantere Gegend, und vom Zug aus sind viele Lokale zu sehen. Man muss hinaufschauen, denn der Zug beginnt in den U-Bahn-Tunnel einzufahren, aber da oben sind alle Tische immer besetzt, es scheint sehr fröhlich zu sein. Dann geht es unter die Erde, und dann kommt auch gleich die Station Monastiraki.

Wie das letzte Mal rede ich mit dem Mann, der sich neben mich setzt und der eine englische Ausgabe von Gertrude Stein liest. Es rutscht ihm eine Mappe auf den Boden, und ich rücke zur Seite. Er hebt die Mappe auf und bedankt sich.

Ich sage auf Englisch, dass ich leider nicht Griechisch spräche, und er wiederholt seinen Dank auf Englisch. Wir reden, was jeder von uns so macht. Ich erzähle ihm, dass ich aus Wien käme und gerade erst meinen Highschool-Abschluss nachgeholt hätte, und er kommt aus Athen und studiert Sozialwissenschaften. Er wird das Studium aber nicht beenden. Es mache überhaupt keinen Sinn. Es gäbe keinen einzigen Job, und weil er sich nicht rechtzeitig mit der regierenden Partei arrangiert hat, habe er keine Aussichten. Er arbeite zwanzig Stunden in einem Büchersupermarkt und ordne amerikanische trash literature in die Regale. Für eine solche Arbeit dürfe er gar keinen Abschluss machen, weil es dann endgültig nicht auszuhalten wäre. »My generation is defunct«, sagt er, und ich frage ihn, wie er das meine. Defunct, sage ich, das hieße doch overcome oder dead, aber er nickt nur zustimmend. Er wünscht mir alles Gute. Er muss aussteigen, und ich kann ihm nur zulächeln. »Keep up the fight«, sage ich. Ich komme mir aber gleich total herablassend vor und bin traurig.

## Beta

**Schritte waren zu hören.** Schnelle schleifende Schritte von jemandem auf dem Balkon. Es wird hin und her gelaufen. Eine Frauenstimme ruft mit Flüsterstimme von oben: »Jürgen? Jürgen?« Vor meiner Balkontür sagt ein Mann leise: »Das bist du. Das bist du!«, und dann lachen zwei Männer. Ich kann die Umrisse durch die Glaswand zum Balkon sehen. Sie stehen über das Balkongeländer weit nach vorne gebeugt und versuchen über sich oberhalb etwas zu erkennen.

Ich lag starr im Bett. Ich war sicher, von draußen gesehen werden zu können. Ich fürchtete mich vor einer Entdeckung. Wenn diese Männer sich umdrehten und einen Blick in das Zimmer warfen, dann lag ich da vor ihnen auf dem Bett.

Die Uhr unter dem Fernsehapparat gab die Zeit an, 23.31 Uhr. Das war die Zeit, die Marios und ich ausgemacht hatten, und kurz waren mir die Männer da draußen vollkommen egal. Es war kalt. Ich wusste gleich beim Aufwachen die ganze Geschichte wieder, und der Schmerz schien mich zerplatzen zu lassen.

Draußen wurde geraschelt und geflüstert. Ich wollte allein sein und niemanden hören. Wenn ich schon Marios nicht sehen konnte, dann wollte ich die einzige Person auf der Welt sein und nichts von anderen Menschen wissen.

Das Geraschel und Gewisper draußen ging weiter. Was sollte ich tun? Zuerst dachte ich, ich müsse nur abwarten. Ich blieb also liegen. Von rechts kam eine Frau den Balkon entlang. Sie hatte die Arme vor der Brust verschränkt und zischte den einen Mann an. Die Kinder schliefen endlich und er solle Ruhe geben. Edek solle ins Bett kommen und keinen Blödsinn machen. Der Mann nickte nur, und die Frau ging wieder zurück. Kaum war sie weg, da begannen die beiden Männer zu kichern. Sie bogen sich vor unterdrücktem Lachen, und von oben war wieder der leise Ruf nach Jürgen zu hören.

Darüber mussten die Männer noch mehr lachen. Vor meinen Panoramafenstern zum Balkon bogen und wanden sich diese zwei Männer. Sie fielen vor Lachen gegen das Fensterglas und gegen die Glastür. Sie konnten sich nicht beruhigen und verfielen immer wieder von neuem in ihr prustendes Gelächter. Die Männer schlugen einander auf die Schultern. Dann hielt der eine Mann den anderen an der Schulter fest und deutete ihm, still zu sein. Sie horchten gemeinsam. Es war aber nichts anderes zu hören als die Autos, die unten auf der Straße am Hotel vorbeifuhren.

Ein schwaches kaltes Licht ließ die Umrisse der Männer erkennen. Am nächsten Tag sah ich dann, dass die Glasscheiben der Fenster und Türen blau getönt waren und so alles in einen kühlen Blauton getaucht wurde.

Ich musste ins Badezimmer. Ich lag aber immer noch schreckgelähmt bewegungslos auf dem Bett. Die Angst, entdeckt zu werden und Gegenstand dieser rüden Heiterkeit zu sein, machte mir das Atmen schwer. Einen Augenblick wünschte ich mir, auf dem Bett liegend weit unter die Erde versinken zu können und endlich Ruhe zu haben. Neben diesen geil kichernden Männern war es noch unglaublicher, dass ich nicht gerade an der Hand von Marios in das Kritiki ging und drei verschiedene Gemüse in Öl hingestellt bekam und ein Glas rauen Rotweins. Es war unendlich traurig und unendlich empörend, dass ich nicht mit Marios im Kritiki hinten an der Wand saß und mit ihm gemeinsam in die Welt hinausschaute. Der Wirt dort hatte mir das letzte Mal extra Erdäpfel hingestellt. Er hatte viele Jahre in Köln in einem griechischen Restaurant gearbeitet und seine Familie so erhalten. Er hatte gedacht, dass ich eine Deutsche bin und am liebsten Kartoffeln esse. Ich habe ihm dann nicht gesagt, dass ich aus Wien komme und dass da die Kartoffeln Erdäpfel heißen und dass wir keine Deutschen sind. Der Wirt war so glücklich gewesen, mir meine vermeintliche Nationalspeise hinzustellen, und von dem Mann gelitten zu werden war so angenehm gewesen. In Griechenland gibt es viele Vorbehalte gegen die Deutschen.

Auf dem Balkon draußen redeten die Männer jetzt auf Türkisch miteinander. Sie besprachen etwas. Der Name

Uschi war herauszuhören. Es wurde hin und her geredet und etwas bewertet. Die Männer standen jetzt aufrecht am Balkongeländer und schauten auf die Straße hinunter. Sie drehten mir den Rücken zu, und ich überlegte, ob ich mich aus dem Bett gleiten lassen könnte und auf dem Boden zum Badezimmer robben. Die beiden Männer standen dann auf einmal sehr nah beisammen. Der eine Mann legte den linken Arm um die Schultern des Manns neben sich. Sie waren beide etwa gleich groß. Sie lachten nicht mehr so hysterisch. Das Lachen kam jetzt tief aus der Kehle und klang rau. Ich wollte mich gerade vom Bett fallen lassen, da wandte der Mann links sich dem Mann rechts zu und sagte: »Du geile Sau! Du!« Das Zimmer war wieder im Blickfeld der Männer, und es war nicht gleich zu sehen, dass sie onanierten. Sie standen erst noch schräg seitlich zum Zimmer und erst später drehten sie sich zum Zuschauen zueinander. Jeder hielt seinen Schwanz so vor sich hin, und der eine schaute auf den Schwanz vom anderen. Der eine Mann kicherte wieder. »Selber geile Sau«, sagte er. »Du bist ja schwul!«, und sie machten weiter. Sie hielten ihre Schwänze aneinander und lachten grunzend und glucksend dazu. Zuerst war das noch verspielt, aber dann begann das Keuchen. Der eine flüsterte immer wieder die Litanei von der schwulen Sau, und der andere fragte in so einem Pornoton, ob dem anderen das gefiele oder das, und griff nach dem Schwanz vom anderen. Der kicherte dazu hysterisch hilflos. Sonst kamen die Männer einander nicht näher.

Mich machte das wütend, aber ich hatte auch Angst, doch noch entdeckt zu werden. Am Ende war ich so böse, dass ich zu diesem Schauspiel verurteilt worden war, dass ich hinauslaufen und auf diese Männer eindreschen hätte können. Aber es war auch klar, dass eine Unterbrechung dieser Szene zu böser Gewalt führen konnte.

Das war auch eine der Warnungen von der Mami gewesen. Im Fernsehen oder in so Selbstverteidigungsinstruktionen und in Filmen, da wird immer geraten, einem Mann in die Eier zu treten, und damit hätte die Frau dann gewonnen und alles erledigt. In den Filmen hüpfen die Männer immer schmerzverzerrt in eine Ecke und sind k.o. Die Mami hat dann immer den Kopf geschüttelt. Sie hatte das bei einem ihrer Brüder ausprobiert, weil der sie nicht ihre Musik auf ihrem Radiosender anhören lassen wollte und zu raufen begonnen worden war. Da hatte sie ihm in ihrer Wut, und weil der so viel stärker war als sie, so einen Tritt in die Hoden verpasst. Ihr Bruder war von dem Schmerz dann so rasend wütend geworden, dass sie Angst bekommen hatte, er würde sie erschlagen, und sie war schreiend in der Wohnung vor ihm geflüchtet. »Nicht in solche Situationen kommen, und wenn, immer verhandeln«, war ihr Rat gewesen. Sie hatte auch immer gesagt, dass es wichtiger war, durch die Situation durchzukommen, als sich darum zu kümmern, wie diese Angelegenheit nachher beurteilt werden würde. Es werden Vergewaltigungsopfer ja immer noch danach beurteilt, ob sie sich gewehrt haben oder nicht. Vor allem andere

Frauen wünschen sich von diesen Opfern, dass sie nicht als Opfer dastehen. Aber das sollte einer alles gleichgültig sein, hat die Mami gesagt. Manchmal schaut überleben eben nicht schön aus, und Helden sind immer schon tot, wenn sie Helden genannt werden.

Aber was sollte ich in so einem Fall tun? Ich konnte ruhig liegen bleiben und warten, bis die fertig waren. Aber mit jedem Augenblick länger würde auch klarer werden, dass ich eine Zeugin von diesem Techtelmechtel war und alles beobachtet habe. Ich konnte auf den Gang hinauslaufen, aber da konnten die mir nachkommen. Die hatten ja offensichtlich ein Zimmer auf dieser Etage. Die schlafenden Kinder würden diesen Mann nicht abhalten, mir durch das Zimmer auf den Gang nachzustürzen. Die Männer draußen rieben ihre Schwanzspitzen aneinander und schauten einander dabei zu. Dann hielt der eine inne. »Nein!«, sagte er mit gespielter trotziger Kinderstimme. »Der will jetzt zur Uschi.« Der andere wedelte verneinend mit seinem Schwanz. »Die Uschi schläft schon«, sagte er auch mit so einer gespielten Kinderstimme. Dann hielten die Männer inne und horchten. Sie sagten etwas auf Türkisch und lachten gurgelnd, und dann machten sie weiter.

Ich hatte kein Feuerzeug und keine Streichhölzer. Am schönsten wäre es gewesen, den Feueralarm auszulösen, damit die Sprinkleranlage anspringt. Eine kalte Dusche wäre ja auch passend gewesen. Diese öffentlichen Fickereien waren sowieso ärgerlich. Am Strand und an den schönsten Plätzen in den Bergen konnte man in der Saison sicher sein, irgendein Paar ineinander verklammert vorzufinden. Das wäre seit zehn Jahren so, sagte die Sidi, und die Touristen sähen die Aufhebung der Schamgrenzen als Teil ihrer Rechte als Urlauber an. Es war aber immer diese Generation über fünfunddreißig, die führten sich so auf und glaubten, es interessiere irgendjemanden, dass sie Sex haben konnten und wie sie das machten. Das war schon mit dem Kochen in der Generation gewesen. Dann hatten sie den Wein entdeckt, und jetzt blieb nur der Sex übrig. Wir hatten uns das vorgespielt, wie die die Rederei über den Wein auf den Sex ausdehnten.

Ich mag auch Pornographie nicht. Ich will keine Vorlagen und Anweisungen für mein Leben, und ich will das schon gar nicht für die Liebe. Ich will das alleine entdecken, und ich wollte nie daran denken müssen, wie diese Männer einander angeilten, wenn ich es selber mache. Ich hasse es, wenn ich so von außen gehandhabt werde. Ich will die Liebe für mich selbst haben und nicht auch noch da in Regeln gepresst werden. Diese Männer machten mich deshalb so wütend. Die Selbstverständlichkeit, mit der die sich da hinstellten und sich der Welt zumuteten, das war auch Gewalt.

Die Männer auf dem Balkon waren mittlerweile knapp vor dem Höhepunkt, und das wollte ich nicht auch noch miterleben müssen. Sie grunzten einander die Zurufe von der geilen Sau und der schwulen Sau zu. Diese Männer ließen ihre Schwänze Deutsch reden, und alles andere besprachen sie auf Türkisch. Die spielten ihr Schwanztheater auf

Deutsch, und so keuchend und geil war das dann richtig grauslich. Ich sprang auf und begann wild zu kreischen. Ich schrie und tobte im dunklen Zimmer. »Eine Maus! A mouse!« Ich quietschte in höchsten Tönen und drehte so viele Lichter wie möglich an. Dann stürzte ich auf den Gang hinaus und schrie dort. »A mouse! A mouse! Eine Maus! Eine Maus!« und »Hilfe! Help!«

Es tauchte nicht gleich jemand auf, aber der Balkon vor meinem Zimmer war dann leer. Das Licht vom Zimmer fiel auf das Balkongeländer, aber niemand lehnte mehr da. Ich ging, die Tür zum Gang wieder zuzumachen, und ein Mann schaute verschlafen aus dem Zimmer gegenüber heraus. Ich sagte ihm auf Englisch, er solle die Tür zu seinem Zimmer schnell wieder schließen. Ich hätte die Maus auf den Gang hinausgetrieben. Der Mann hob nur die Hand. »Alles klar«, sagte er und ging in sein Zimmer zurück. Weiter unten ging eine Tür auf, aber ich schloss mich in meinem Zimmer ein. Der Mann vom Zimmer gegenüber hatte einen gestreiften Pyjama angehabt, und es hatte ausgesehen, als käme er aus einem Doris-Day-Film.

Ich zog die dicken Sonnenschutzvorhänge vor die Tür und die Fenster und legte mich wieder hin. Dann musste ich aber doch wieder aufstehen und ins Badezimmer gehen. Ich hätte mir auch noch die Zähne putzen müssen, aber ich hatte ja meinen Toilettenbeutel im Rucksack. Ich bröselte dann das Salz von den Salzstangen in der Minibar und putzte mir die Zähne mit dem Salz auf dem Zeigefinger. Das

Salz schaffte dann endlich den Geschmack nach Evangelos aus dem Mund.

Ich versuchte wieder, Marios anzurufen. Ich wusste, dass die Nummer tot war, aber es war die einzige Verbindung. Ich war traurig und vor Kummer gelähmt. Ich lag noch lange in die Schmerzen davon gefangen auf dem Bett, aber ich konnte nicht mehr schlafen. Dann ging ich doch wieder ins Badezimmer und wusch meine Unterwäsche aus. Ich musste mir genau überlegen, wie das weitergehen sollte. Ich konnte zur Sidi zurück und mich an den Strand legen und mich auf mein eigenes Leben konzentrieren. Es waren viele Entschlüsse zu treffen, und ich musste das alles gut überlegen. Aber diese Überlegungen waren nur kurz verführerisch, und ich dachte dann nur mehr darüber nach, wie und wann ich nach Athen gelangen und mit der Suche nach Marios beginnen konnte. Ich hoffte, dass Marios mich anrufen würde, das iPhone lag neben mir auf dem Kopfpolster. Ich dachte jeden Augenblick, dass das Telefon läuten würde und ich endlich meine Geschichte erzählen konnte. Ich würde Marios' Stimme hören, das sagte ich mir immer wieder vor. Marios war nicht misstrauisch und dachte, ich hätte ihn verlassen und sitzenlassen. Warum sollte er das auch denken? Wir waren uns ja einig.

Immer wieder hatte ich kurz die Angst, Evangelos könne mit Marios sprechen und ihm schlimme Dinge über mich sagen. Leute machten das. In Kaiserbad gab es zwei Wirklichkeiten. Da gab es die physische Realität. In der bewegte man sich und hörte und sah alles. Und dann war da die zweite Wirklichkeit der Gerüchte. Da wurden die Geschichten fabriziert, die die Handlungen begründeten und in denen dann gelebt werden musste. Ich hatte erst in Kaiserbad gelernt, wie mächtig solche Geschichten sein konnten. Meine Großmutter lebte ausschließlich in diesen erfundenen Geschichten, und die waren viel wichtiger als die Wahrheit. Sie hat einmal drei Wochen nicht mit mir geredet, weil ihr jemand erzählt hatte, ich sei doch sicher schon schwanger. Ich habe sie dann gefragt, warum sie nicht mich angesprochen habe und so viel Zeit in diesem Irrglauben vergangen sei, aber sie hat nur mit den Achseln gezuckt und gesagt, dass es ja möglich sein hätte können. Aber warum sie mich nicht selbst gefragt hätte? Da war sie nur erstaunt gewesen. Es war ihr gar nicht in den Sinn gekommen, dieses Gerücht zu überprüfen. Gerüchte waren also willkommene Spekulationen, mit deren Hilfe neue und dann aber auch gleich physische Realitäten geschaffen werden konnten. Es ging um die Macht, und meine Großmutter war ja nie einverstanden gewesen, dass ich bei ihnen wohnen und in Kaiserbad die Matura machen sollte.

Aber das war überall so. In einer englischen Zeitung habe ich gelesen, dass die Engländer in der Bewertung ihrer Politik und ihrer Politiker ausschließlich von Gerüchten ausgingen. Es wurde angenommen, dass von 100 Pfund Sozialhilfe 24 Pfund an Sozialschmarotzer gingen. In Wirklichkeit war dieser Anteil nicht einmal ein Pfund von 100. Die Immigranten machten in dieser Vorstellung von ihrem eigenen Land 31 Prozent aus, und in Wirklichkeit sind es 13 Prozent. Die Auslandshilfe wurde für den größten Posten im Budget gehalten und macht in der Realität 1,1 Prozent der Budgetausgaben aus. Da war mein Schwangerschaftsgerücht richtig passend. Ich habe die Omama dann gefragt, wer denn der Vater von diesem Kind gewesen sein hätte sollen. Ich wollte wissen, wer mir da gerüchteweise zugedacht worden war. Da hatte sie wieder nur mit den Achseln gezuckt und nichts gesagt. Aber Gerüchte sind ja für das Unüberprüfbare da, und eine jungfräuliche Empfängnis passt da gut hinein. Die Politik, auch die ganz große, die funktioniert ja nach diesem Prinzip. Da ist alles in Gefühle verfahren, und in Griechenland wird das durch die Armut nur gerade offenkundig.

Irgendwann bin ich dann ja doch eingeschlafen. Ich hatte erst das Licht brennen lassen, dann habe ich es abgedreht, wieder aufgedreht und wieder abgedreht. Die Vorstellung, von draußen im Licht vielleicht gesehen werden zu können, und wenn nur durch einen winzigen Spalt im Vorhang, ließ mich nicht zur Ruhe kommen. Ich schlich zuerst immer wieder an den Vorhang und zupfte ihn noch besser zurecht. Dann schob ich im Dunkeln den Vorhang wieder ein Stück weg. Ich hatte mich hinter dem lichtundurchlässigen, dick beschichteten Vorhang zu eingesperrt gefühlt und keine Luft bekommen können.

Von draußen fiel das Licht fahl herein. Aber es erreichte nur das Sofa, und ich dachte, dass ich in dem Winkel auf dem Bett nicht zu sehen sein konnte. Eine Zeitlang war die Vorstellung schwierig, wie alle diesen Menschen in dem Hotel in ihren Zimmern lagen und atmeten. Ich hoffte, dass ich nie ins Gefängnis kommen würde. Das Gefühl, wie diese vielen Menschen in ihren Zellen festgesetzt waren, machte mir das Atmen noch schwerer. Wenn das mit diesen Männern nicht auf dem Balkon gewesen wäre, dann hätte ich auf den Balkon hinausgehen können. Kurz war ich dann aber doch drauf und dran, hinauszugehen und mir diesen Platz nicht nehmen zu lassen, dann wieder dachte ich an die Probleme, die sich daraus ergeben könnten. Ich stellte mir vor, wie ich auf die Maus angesprochen werden könnte und dass ich diese Geschichte aufrechterhalten müsste, und ich wollte keinen Aufwand für ein solches Gschichterl verschwenden.

In der Schule in Kaiserbad hatte es eine Zeit mit diesen Gschichterln gegeben. Aber da hatte ich mich in die Verhaltensprobleme anderer hineinziehen lassen, und ich habe heute den Verdacht, dass ich damit verstecken wollte, dass ich kein sehr reiches Innenleben besaß. Das war selbst schon eine Verhaltensstörung, aber das ging irgendwie vorbei. Wenn ich heute ehrlich sein soll, dann hatte ich mich selber in diese Gruppe gewünscht. Das Alleinsein muss ja gelernt werden, und da hatte ich eine Zeit, in der ich hoffte, in der neuen Schule in Kaiserbad Freundschaften zu finden. Ich hatte mir Gesellschaft von da erhofft, und es hatte ja von außen auch sehr gemütlich ausgesehen. Ich hatte wegen der Mami zwei Jahre verloren und war lange bei der Sidi auf

Kreta gewesen und dann auch beim Georg. Der Georg hatte damals noch diese Wohnung in Maida Vale, und ich konnte monatelang ein asoziales Leben in London führen. Aber dann war die Frage mit dieser Waisenpension und dass ich auch dafür die Schule fertig machen oder zu arbeiten beginnen musste. Da hat dann der Opi gesagt, eine Tochter seiner Tochter würde wenigstens die Matura machen. So weit hatte er ja auch alle seine Kinder gebracht, und deshalb bin ich dann auch unter seine Aufsicht gekommen. Ich hätte ja in Wien nicht alleine leben dürfen, und in den Wohngemeinschaften gab es keinen Platz.

Die Schule in Kaiserbad ist ein Monstergymnasium mit irrsinnig vielen Schülern und Schülerinnen. Aber trotz der Größe scheint alles irgendwie nett zu sein. Sogar das Mobbing ist irgendwie nett und bleibt in überschaubaren Bahnen. Dafür ist es umso tiefer wirksam, denn sogar die Lehrer folgen diesen Bahnen, und weil es so viel gemütlicher ist, wird ganz offen darüber gescherzt, und es gibt keinen Ausweg, weil man ja für den Spaß immer Verständnis aufbringen muss.

Ich hatte damals die Freundin von zwei anderen Schülerinnen sein wollen und habe mich mit denen getroffen. Aber die hatten sich wiederum in den Kopf gesetzt, alle diese Highschool-Serien noch zu übertreffen. Es war ihre Hauptbeschäftigung, Gerüchte über die anderen auszuhecken, und sonst waren Make-up und Kleider wichtig, wenn wir miteinander herumhingen.

Aber die hatten ein geheimes Leben, das sie vor mir verborgen hielten, und in dem funktionierten sie ganz anders. Die Mia ging zu ihrem Reittraining und fuhr an den Wochenenden auf Turniere, aber sie erzählte nie etwas, und lange Zeit wusste ich gar nicht, dass sie so eine erfolgreiche Reiterin war. Die Miriam hatte wiederum ihre Psychowelt mit Bulimie und Cutting, und dafür hatte sie eine eigene Freundin, die war aber nicht aus unserer Klasse. Diese Sachen machten die zwei in ihrer Freizeit und am Wochenende, aber wenn wir zusammen waren, dann spielten wir Highschool Bitches. Das ging aber nur so lange, bis ich begriff, dass ich nur eine Teilfreundin für die war, obwohl sie das ja auch füreinander gewesen waren. Aber ich wäre auf jeden Fall da bald wieder draußen gewesen. Ich schminke mich ja nicht, und am Anfang haben die gesagt, dass sie das nicht störe, aber dann hat es sie ja doch gestört, dass ich so anders aussehe als sie, und wie ich dann zufällig bei einem dieser Reitturniere von einem Onkel mitgenommen worden bin und die Mia da gesehen habe, da war dann endgültig alles aus. Die Mia ist richtig böse geworden, und es war, als hätte ich sie mit einem anderen Mann erwischt. Das war ja auch so eine Art Betrug. Die Mia und die Miriam, die haben schon das Doppelleben geübt, wie ihre Eltern das machen. Das war richtig Mittelschicht mit Aufsteigerchancen. Job und Familie. Job, Familie und Charity. Charity und Politik. Am Ende kommt das dann alles in so einer Klientelpolitik zusammen. Es war in Kaiserbad gut zu sehen gewesen, dass die Politik viel damit zu tun hatte, wer mit wem gefickt hatte oder ficken wollte oder durfte, und die Familien und wer woher am Ende kam, das entschied dann endgültig. Sehr wichtig war, die ganze Zeit ans Geld zu denken, aber nicht offen und immer so drunter, damit man es selber nicht merken musste. Alles muss sich auszahlen und irgendeinen Benefit ergeben. Das haben die Miriam und die Mia auch so geübt.

Die Buben in der Klasse waren mir alle zu klein. Die waren fast noch in der Rollenspielphase und in so einer Warteschleife, bis sie an die Reihe kamen. Die waren sich ihrer zukünftigen Führungspositionen so sicher, dass sie gar keine Zeit für irgendwelche Spielchen aufbrachten.

Mit meiner Schulklasse von früher habe ich jeden Kontakt verloren. Da habe ich das Gefühl gehabt, dass die nur daran denken können, dass meine Mutter gestorben ist. Das war natürlich paranoid, aber dagegen ist in einer Krise nicht leicht etwas zu machen, und so war ich dann irgendwann ganz allein. Aber das ist man ja sowieso, und ich habe es früh genug gelernt gehabt.

Das mit dem Marios, das hat damit nichts zu tun. Ich brauche ja niemanden, mir die Zeit zu vertreiben, das kann ich alleine viel besser. Der Marios wiederum ist eher ein Gruppenmensch. Er erzählt ununterbrochen von Freunden und was die sagen und was die meinen. Er sagt auch selber, dass das Gute an der Krise sei, dass die Griechen einander in dieser Armut wieder kennenlernen könnten. In Griechenland gab es bis 1949 Bürgerkrieg und von da an immer die Einmischung von den USA. In Griechenland waren es nämlich auch die Kommunisten gewesen, die als Partisanen die deutschen Besatzer bekriegt hatten, und nach dem Krieg haben die griechischen Kapitalisten die USA benötigt, Griechenland nun von den Partisanen zurückzuerobern. Die Feindschaften von damals sind im Schweigen nicht verschwunden. Die Feindschaften von damals waren in den halbwegs guten Zeiten in den 80er Jahren nur überdeckt gewesen. Die Gruppierungen sind jedenfalls seit ewigen Zeiten unverändert, und der Staatsbankrott sei auch noch immer unverändert der eine große Staatsbankrott von 1843, sagte der Marios.

Ich bin dann sehr spät aufgewacht. Mein iPhone piepste mit einer Nachricht von der Sidi. Ich hatte auf eine Nachricht von Marios gehofft und war gleich so traurig, dass ich das iPhone ausschaltete. Dann sollte er mich halt nicht erreichen, wenn ich ihm einen Anruf nicht wert war. Ich saß im Bett und rechnete nach, wie viel Geld ich eigentlich hatte. Auf dem Konto musste noch etwas sein, aber die Kreditkarte war ausgemaxt. Das war der Flug nach Kreta gewesen, und sogar das Ticket für die Fähre hatte ich im Internet auf die Kreditkarte gekauft. Ich hatte den Rückflug nach Wien in zwei Wochen, und die hatte ich in Athen sein wollen. Dann musste ich nach Wien zurückkehren und zu studieren beginnen. Die Inskription kann man auch im Internet machen, aber dann muss man doch zur Anmeldung mit den Dokumenten hingehen. Ich habe Ethnologie und Philosophie belegt. Das war aber nur aus finanziellen Gründen, ich glaube ja nicht mehr an diese universellen Konstruktionen von Wissenschaft. Ich kann aber eine Studienbeihilfe bekommen, weil ich sonst ohne Mittel bin und ja Halbwaise. Mein Vater aus Frankfurt hat die Zahlung der Alimente mit meinem achtzehnten Geburtstag eingestellt, und er will nur gegen Vorlage einer Studienbestätigung weiterzahlen. Das Studium wäre deshalb so etwas wie mein Broterwerb, und ich weiß nicht, ob ich das will. Ich kann natürlich alles auch ganz anders machen und in Athen leben und da studieren. Ich muss mich aber zuerst erkundigen, wie das dann mit den Beihilfen und den Taschengeldern aussehen würde. In Athen gibt es ja schon keine Arbeit für die Leute von da, da kann ich schon gar nicht glauben, dass ich mich selbst erhalten könnte.

Ich legte mich dann noch einmal hin. Draußen war wieder ein sonniger Tag. Der September war in diesem Jahr auch für Kreta außergewöhnlich heiß und trocken. Die ganze Insel roch nach dem sonnenverbrannten Gras, und wenn man in die Berge ging, kam man staubbedeckt von den ausgetrockneten Hängen zurück. In der Sonne und in dieser Trockenheit stieg für mich so ein dunkles Gefühl noch mehr an, das das Wort »minoische Kultur« in mir auslöste. Ich habe dann immer das Bild von diesem Palast in Knossos vor mir und stelle mir dunkle Gänge und unentrinnbare Labyrinthe von Kammern und Hallen vor. Ich sehe Wasser tragende

Frauen und fürchte mich vor dem Augenblick, in dem das Opfertier geschlachtet wird. Ich hätte Robert Graves nicht lesen sollen, und wahrscheinlich ist die *White Goddess* nichts anderes als so eine Szene wie die vom Balkon in der vergangenen Nacht. Man hätte wahrscheinlich auch damals laut »A mouse. It's a mouse« schreien müssen und die Blutromantik so vertreiben können. Aber die war ja von diesem Robert Graves als Autor, und wie vertrieb man die sexualisierte Blutromantik eines Autors?

Ich bestellte das Frühstück aufs Zimmer. Meine Wäsche hing noch nass im Badezimmer, und ich schaffte es endlich auf den Balkon hinaus und legte die Wäsche auf das Geländer zum Trocknen. Auf dem Balkon war nichts zu sehen, und aus keinem Zimmer war etwas zu hören. Die Kinder waren wohl früh aufgewacht. Die Autos unten auf der Straße waren aber sehr laut, und wahrscheinlich waren alle schon am Swimmingpool vom Hotel auf der anderen Seite im Innenhof. Ich kuschelte mich in den weißen Hotelbademantel und wartete auf das Frühstück, die Balkontür verschloss ich aber doch wieder gut.

Das Frühstück wurde von einer jungen Frau gebracht. Wir lächelten einander an, und ich gab ihr 2 Euro. Sie ging gleich wieder, und ich dachte, dass das nun zu wenig Trinkgeld gewesen war. Das mit dem Trinkgeld, das habe ich noch immer nicht gelernt. Mein Großvater ist ein Meister darin, allen Leuten ein Geld zuzustecken und sie damit freundlich zu machen. Aber der Opi ist ein Schwerkriegsversehrter aus dem Zweiten Weltkrieg. Er hat nur einen Arm, der rechte Arm ist ihm abgeschossen worden. Da braucht er Hilfe und hat lernen müssen, wie er die bekommt. Er findet es ja auch richtig, für Hilfe zu bezahlen. »Du brauchst nicht glauben, nur du weißt etwas über die Welt wegen deiner Mutter«, hat er einmal zu mir gesagt. »Als Krüppel musst du auch viel lernen.« Er hatte das bitter gesagt und so, als ob er in Konkurrenz mit mir wäre. Aber der Opi ist sehr alt, und als sehr alte Person hat er auch sehr viele Möglichkeiten und muss sich nicht so beklagen. Seine Mutter ist erst gestorben, da war er schon weit über sechzig Jahre alt, und er weiß gar nicht, was das bedeutet, wenn man fünfzehn ist.

Das Frühstück war wunderbar. Dunkelschwarzstarker Kaffee und Fruchtsalat. Sesamschnitten und Tomaten. Ich habe das iPhone wieder auf Empfang gestellt und ein Foto von Marios auf das Display geholt. Das iPhone stand gegen die Nachttischlampe gelehnt, und ich hatte meinen eigenen Altar.

Ich musste das iPhone aber wieder benutzen. Ich musste herausfinden, wie ich nach Athen kommen konnte. Die Flüge waren zu teuer, und ich hatte die ersten Möglichkeiten schon verschlafen.

Ich aß fast alles auf, was ich auf dem Tablett fand, und machte mich fertig. Die Wäsche war nicht richtig trocken, aber längst nicht mehr nass, und ich zog alles wieder an. Ich ging dann angezogen auf den Balkon hinaus, und da war schon nichts mehr von der Feuchtigkeit zu spüren. Die Jeans verdeckten sowieso alles, und die Bluse war so dünn, dass ich nur kurz in der Sonne und im Wind stehen musste.

Ich packte alle Badezimmerartikel ein. Ich bin sonst nicht so eine Schnorrerin, aber die Vorstellung vom Preis dieser Übernachtung machte mich plötzlich geizig. Ich war müde und ärgerte mich sehr, dass ich so viel für das Zimmer zahlen musste und trotzdem dieser Pubertätssexszenerie nicht entkommen war. Ich sammelte das Duschgel, die Seife, das Shampoo und die Q-Tips in eines dieser Plastiksäckchen für die Damenhygiene im Spender neben dem Toilettenpapier. Ich fischte mir noch ein Säckchen heraus und packte mir die restlichen Sesamkekse hinein. Dann setzte ich mich noch einmal hin und rief die tote Nummer von Marios an, um wenigstens irgendeine Verbindung mit ihm zu haben. Ich versuchte so an Marios zu denken, dass er es fühlen musste. Dann textete ich an die Sidi und fragte, ob Marios sich bei ihr gemeldet habe. Das löschte ich aber gleich wieder. Die Sidi hätte mir das ja sofort ausgerichtet, sie war da total korrekt.

Ich musste aufbrechen. Ich musste Marios finden, und das erste Mal hatte ich so ein hässliches Gefühl, dass Marios' Schweigen möglicherweise nichts mit mir zu tun hatte. Es war jetzt schon fast vierundzwanzig Stunden her, dass ich mit Marios gesprochen hatte. Aber da dachte ich schon auch noch, dass er vielleicht nichts mehr mit mir zu tun haben wollte, weil ich gestern nicht gekommen war. Aber dann war ich gleich auch wieder sicher, dass er nicht so kleinlich sein konnte, und es blieb nichts anderes übrig, als sich zu vergewissern. Wenn er mich nicht mehr sehen wollte, dann sollte er mir das selber sagen. Ich wollte nicht in Vermutungen leben.

An der Rezeption musste ich dann lange auf die Rechnung warten. Ich wollte das für die Sidi richtig machen und die Rechnung abzeichnen, damit ihr nicht irgendetwas verrechnet werden würde, was ich gar nicht gehabt hatte. Die Sidi würde es mir nämlich nicht sagen. Bei ihr kommt so etwas erst Jahre später heraus, und dann kann man überhaupt nichts mehr machen. Nach langem Herumtun war die Rechnung für das Zimmer aber dann, ausgedruckt und in ein Kuvert gesteckt, in der Seitentasche meiner Umhängtasche neben dem Pass verstaut.

Draußen war schon diese brüllende Hitze, und ich wünschte mir gleich, in nassen Kleidern aus dem Hotel gekommen zu sein. Ich ging in Richtung Hafen, aber ich geriet wieder in die Altstadt und setzte mich auf einer kleinen Grünfläche unter eine Platane. Ich wollte noch einmal die Fahrpläne studieren. Ich hatte mir die Abfahrtszeiten nicht eingeprägt und musste wieder nachschauen.

Eine Fahrt auf der Fähre nach Athen kostete 38 Euro. Das war viel, denn ich hatte nur noch 220 Euro. Die Sidi wollte ich nicht schon wieder um Geld anbetteln, und es gab nur noch den Georg. Der Opi lässt mir das Geld auf mein Konto überweisen, und manchmal gibt er mir auch so noch ein bisschen. Meine Tanten und Onkeln und sogar die Omama fragen immer wieder, wie viel ich bekomme, aber der Opi hat zu mir gesagt, dass das eine Sache zwischen uns beiden sei und keinen von denen etwas anginge, also sage ich nichts. Es ist aber auch nicht so viel, dass sie eifersüchtig sein müssten. Es wäre schön gewesen, sich ein Geld verdienen zu können, und ich dachte, ich hätte doch an diesem Schreibwettbewerb vom Land Niederösterreich mitmachen sollen. Es gab überhaupt viele Schreibwettbewerbe, und man bekommt da leicht einen Preis. Ich muss nur lernen, dass das alles ein Gelderwerb ist und dass es diese Art von Kunst nicht mehr gibt, deren Stolz darin liegt, unbezahlt zu sein. So eine Geschichte ist ja schnell geschrieben, und man muss dann nur die Preisverleihung über sich ergehen lassen.

Der Mann war mir gleich aufgefallen, und ich rückte sofort weg, als er sich so neben mich unter die Platane setzte, dass ich ihm zuschauen musste, wie er auf seinem Laptop arbeitete. Dann kamen zwei junge Frauen und setzten sich zu ihm. Er schaute kurz auf und grinste sie an. Er fragte die Frauen etwas auf Griechisch, schrieb aber weiter auf seinem Laptop. Die sehr dunkelhaarige, junge Frau sagte etwas, und die brünette Frau schüttelte ihren Kopf. Der Mann beugte sich zu mir herüber und fragte, ob ich nicht heute noch nach Athen segeln wolle. Diese zwei Frauen wüssten nicht, wann etwas eine Gelegenheit sei. »When there is a great opportunity.« Ich sagte natürlich »yes«, ich wollte ja nach Athen und versuchte gerade die Fährenpreise miteinander zu vergleichen. Außerdem gab es bis Nachmittag ohnehin keine Gelegenheit. Ich hatte zu lange gefrühstückt und hatte deswegen ein schlechtes Gewissen.

Es würde nichts kosten, »it would be for free«, und ich könnte in der Nacht in Athen sein, sagte der Mann. Mit der Fähre konnte ich auch nicht früher da sein, und ich schaute wahrscheinlich deswegen interessiert drein. Der Mann redete gleich so dringlich weiter und pries das Segelschiff an und die Skipper, und ich bekäme einen Segeltörn umsonst. Ich musste lachen. Was sollte das denn sein, eine kostenlose Segelpartie? So etwas gab es doch nicht. Doch, doch, sagte der Mann und lachte auch. Es gäbe Wunder auf dieser Welt, und diese Möglichkeit sei eines. Also gut, sagte er dann. Es wäre nicht ganz umsonst, aber es würde mich billiger kommen als mit der Fähre, und das Segeln sei doch wirklich ein Abenteuer. »A thrill«, und die Skipper wollten auch ein bisschen Gesellschaft. »They just want some company.« Die beiden dunkelhaarigen Frauen verzogen ihre Gesichter, und ich dachte mir auch, dass das seltsam klingen würde, aber es war gerade die Abwehr dieser Frauen, die das Angebot für mich interessanter machte.

Heute vermute ich, dass diese drei Leute zusammengehörten und gemeinsam auf Aufriss gingen, und ich hatte ja auch ganz nach Plan reagiert. Ich hatte mich von der Ablehnung der Frauen in die Zustimmung zu den Männern treiben lassen. Jedenfalls sagten die Frauen etwas auf Griechisch, und der Mann schüttelte verneinend den Kopf. Nein, rief er auf Englisch. Niemand wolle eine Situation ausnützen. Die Frauen machten Anstalten aufzustehen, und der Mann stand selber auf und redete auf sie ein. Es wäre ein starker Wind angesagt, und das mache die Sache doch noch interessanter. Das fand ich nicht und machte noch mit meinem Preisvergleich weiter.

Er heiße Nico, sagte der Mann und setzte sich wieder neben mich. Woher er so gut Englisch könne, fragte ich. Sein Vater sei Grieche und seine Mutter Engländerin. Wo er da herkäme, fragte ich und war gleich interessierter. Es ist schon komisch, dass ich mich allen Leuten aus England nahe fühle, weil ich da einmal bei meinem Bruder gelebt habe. Nico kam auch aus London, und zwar aus Ostlondon. Dann redeten wir lange über die Restaurants da, und er kannte auch dieses tolle pakistanische Restaurant, in dem man sich so lange anstellen muss, weil die gar keine Reservierungen akzeptieren. Es gibt auch keine Alkohollizenz da, und man muss den Wein selbst mitbringen, aber meistens hat man den schon ausgetrunken, wenn man dann endlich einen Tisch bekommt. Dafür ist das Essen unglaublich gut, aber vielleicht ist das auch so, weil man sich dann schon leicht angetrunken zum Essen setzte. »Sozzled« nannte Nico diesen Zustand.

Dann kam er wieder auf die Mitsegelgelegenheit zu sprechen. Ich fragte ihn, was denn der Haken an der Sache sei, und natürlich wolle ich so schnell wie möglich nach Athen kommen. Aber so ein kleines Schiff, war das nicht doch gefährlich, und sollte ich nicht lieber die Fähre nehmen? Wie viel ich denn für die Fähre zahlen müsste, fragte er. Ich sagte, dass eine Fahrt Kreta–Piräus 38 Euro kostete, und Nico antwortete, dass ich mit dem Segelboot mit 25 Euro auskommen würde, und die würden nur kassiert werden, weil ich ja an Bord etwas essen wollte. Das klang dann doch ziemlich schräg, und ich dachte, ich sollte lieber auf die Fähre warten.

Aber Nico rückte näher und sagte in einem sehr vertraulichen Ton, dass es sich um zwei Skipper handle, die die Jacht ihres Arbeitgebers nach Athen bringen mussten und die sich einfach ein bisschen Geld verdienen wollten. Sie hätten Platz für noch mindestens weitere drei Personen, und dann würde es sich auch auszahlen, aber sie mussten ihren Termin einhalten. Und das wäre alles, fragte ich, und Nico schaute mich treuherzig an. Ja, das wäre alles, und ich solle doch nicht glauben, dass irgendjemand sich heute noch auf diese Weise mit Frauen versorgen müsse. Und by the way, er habe sowieso den Eindruck, die zwei seien schwul, und ich müsste mir überhaupt keine Sorgen machen, er garantiere für diese Skipper. Warum er denn nicht mitsegle, fragte ich, und er antwortete, dass er auf Kreta bleiben müsse. Ich dachte mir schon, dass das auch mit Drogen zu tun haben könnte, aber das war so vage und unwichtig. Ich sagte dann so scherzhaft, dass ich einen Drogendeal vermutete, und Nico reagierte sehr beleidigt. Was denn falsch mit mir sei, dass ich so misstrauisch sein müsse. Er schaute mich prüfend von oben nach unten an, und ich dachte plötzlich, dass ich wirklich wenig Vertrauen hatte. Deshalb sagte ich dann, dass ich die zwei doch erst kennenlernen müsste, bevor sich ein Vertrauen herstellen ließe. Dieser Nico sprang sofort auf und zog mich in die Höhe. Ich könne nichts versprechen, murmelte ich noch. Die zwei Griechinnen waren längst verschwunden, und niemand zog eine Augenbraue hoch oder schüttelte den Kopf über diesen Aufbruch.

Nico kannte den Weg zum Hafen sehr gut, und während wir gingen, redeten wir wieder über London. Nico war auf einer guten Schule gewesen und war gleich von der Schule in das Trainingsprogramm von einer Kaufhauskette aufgenommen worden. Da hatte es bis vor zwei Jahren gut funktioniert, aber beim letzten Einbruch der Verkaufszahlen 2011 waren alle entlassen worden, die über dreißig waren. »We also have a crisis but the knuckleheads here think they have an exclusive.« Jedenfalls hatte er dann nichts mehr gefunden und war nach Griechenland zu den Verwandten von seinem Vater gegangen. Er wollte denen helfen, spezielle Programme für englische Touristen aufzubauen. Kochkurse und Archäologie und solche Sachen. Ich dachte kurz, er solle mit der Sidi reden, aber ich habe dann nichts gesagt. Die Sidi will mit solchen Leuten nichts zu tun haben, sie will nur ihr veganes Programm da weitermachen. Sie will ein schönes soziales Klima, und manchmal haben ja Deutsche und Engländer Schwierigkeiten miteinander. Auf Kreta waren sie jedenfalls einmal schlimmste Feinde gewesen, und gerade der

Evangelos hatte beim Erzählen der Geschichten von damals immer noch eine große Wut.

Der Marios schüttelt immer den Kopf über diese Geschichten und meint, dass die Griechen eine große Gabe hätten, sich selbst den Weg zu verstellen, und dass es heute so wie damals sei. Ein Teil der Griechen arbeitete mit den Deutschen zusammen, und ein anderer Teil musste die Folgen davon tragen. Der Evangelos ist ein Anhänger von Pasok, aber für den Marios ist auch Pasok viel zu weit in der Mitte und spätkapitalistisch. Für ihn waren die Pasok-Leute ja auch wieder Verräter, weil sie die Maßnahmen der Troika unterstützten und die Folgen gegen die eigenen Landsleute richteten. Aber der Marios wollte auch nicht mit den alten Heldengeschichten abgespeist werden. Diese Heldensagen wären doch auch nur ein Narkotikum, um von der Selbstvernichtung Griechenlands abzulenken.

Der Weg zum Hafen war dann doch weit. Ich konnte mich gar nicht erinnern, am Vorabend so weit gegangen zu sein. Der Nico telefonierte mit den Skippern, und im Hafen mussten wir dann bis fast an die Festung gehen, wo das Segelboot lag. Das Schiff war ein Traum, und die zwei Männer waren nett. Nico nannte sie »The double Ses«. Beide Namen begannen mit einem S. Der eine hieß Stelios und der andere Stephanos, und beide waren Griechen. Sie waren so wie Nico über dreißig Jahre alt, und während die Männer so miteinander redeten, wurde ich gemustert. Dann könne man ja lossegeln, sagte Stelios und hielt mir die Hand hin, um mir auf das Schiff zu helfen. Ob das alles sei, was ich mitnähme, fragte Stephanos erstaunt, und ob ich mich mit dem Segeln auskennte.

Ich bin aber nur ein paarmal auf dem Neusiedler See mit einem Segelboot meines Cousins mitgefahren. Einer der Brüder meiner Mutter hat in Neusiedl ein Sommerhaus am Wasser und ein Segelboot. Da war ich mit den Großeltern einmal zu Besuch, und da ist der Sohn von diesem Onkel mit mir herumgesegelt. Wir hatten beide von den Erwachsenen weggewollt, aber der Cousin ist viel älter als ich, und wir haben nicht viel zu reden gewusst. Dieser Cousin hat mich wie alle anderen kindisch und gefühlvoll gefunden. Für den war ich eine dumme Gans und ungeschickt, weil in der Familie alle so über mich geredet haben. Da hält aber niemand etwas von einem anderen.

Wir waren dann ganz schnell auf dem Meer draußen. Dieser Nico blieb am Hafenrand stehen, und wir waren schon unterwegs. Die Skipper hatten mich nach hinten auf eine Bank auf der Seite gesetzt und gefragt, ob ich genug Sonnenschutz hätte. Ich hatte natürlich gar keinen, und sie gaben mir eine Spraydose Nivea-Sonnenmilch mit Schutzfaktor 50 für Kinder.

Am Anfang war es herrlich. Das Boot schoss nur so dahin, und der Wind war in den Segeln zu hören. Es war fast wie Fliegen, und ich hatte nichts zu tun, als mich auf Marios zu freuen. Ich musste nur schauen. Stephanos fragte mich nur noch schnell, ob ich mein Handy ausgeschaltet hätte. Ich verstand nicht, warum ich etwas abschalten sollte, was ohnehin nicht funktionierte. Ich habe in Griechenland so eine prepaid SIM-Karte im iPhone, damit es nicht so wahnsinnig teuer wird, da zu telefonieren. Der Angelos kennt sich da gut aus und hilft mir. Ich habe dann halt auf Flugmodus geschaltet, aber dann dachte ich mir, dass die Angst hatten, vom Besitzer des Boots über Handyortung ausfindig gemacht zu werden. Das war nicht ganz logisch, aber es interessierte mich auch nicht. Ich war unterwegs nach Athen. Das war das einzige Wichtige, und in diesem leuchtend glitzernden Dahineilen musste alles gut werden. Ich war sicher, ich war auf dem Weg zu Marios, und ich würde noch heute Hand in Hand mit ihm davongehen.

Es war auch lustig, dass ich diesem Nico gesagt hatte, dass ich Dora heiße. So hat sich meine Mutter genannt, während ich nach ihrer ersten Puppe Cornelia heiße. Die wussten also gar nicht, wen sie da mithatten, und ich fühlte mich überlegen und sicher.

Ich saß hinten auf dieser Bank und starrte hinaus und dachte, dass das ewig so dahingehen würde, da waren auf einmal die Segel herunten, und wir fuhren mit dem Motor. Ich stand auf und wollte fragen, was da los sei. Wir fuhren auf eine Insel zu. Die schien nicht sehr groß zu sein, und ein hoher Felsen ragte vor uns auf. Ganz oben war eine Burg zu sehen.

Ich musste dann aber auf die Toilette. Dieses Boot hat eine Toilette unten eingebaut, und ich war kurz dorthin verschwunden. Als ich von da wieder auftauchte, da schaukelte das Boot auf dem Wasser, und ein Motorboot kam von der Insel auf uns zu. Stephanos war am Steuer geblieben, und Stelios stand mit einem Seil in der Hand auf der Seite.

Im Motorboot waren drei Männer. Das Motorboot wurde längsseits gefahren, und der Motor wurde gedrosselt. Ein Mann rief auf Englisch, ob wir nicht in den Hafen einfahren wollten. Stelios verneinte. Sie hätten einen Passagier, und er deutete mit dem Kopf auf mich. Ich müsse so schnell wie möglich nach Athen. Der Mann schaute mich prüfend an, musterte mich und drehte sich wieder weg. Dann wolle er die Lieferung haben und käme jetzt an Bord. Das Englisch dieses Manns war sehr schwer zu verstehen, aber Stelios antwortete ihm, dass das nicht notwendig sei. Er stieg nach unten und kam gleich wieder herauf. Der Motor lief die ganze Zeit im Leerlauf, so dass das Wasser sich hinten unter dem Schiff kräuselte. Der Mann im anderen Boot ließ sein Schiff vor- und zurücktänzeln und schaute grimmig. Stelios hatte zwei Schachteln heraufgebracht und reichte sie über Bord. Einer der Männer hinten im Motorboot lehnte sich über den Bootsrand und übernahm die Schachteln. Ob das alles sei, fragte der grimmige Mann, und Stelios nickte nur. Niemand sagte danach etwas, und jeder fuhr in seine Richtung davon. Wir fuhren aufs Meer hinaus an der Insel vorbei, während das Motorboot mit den drei Männern zum Ufer zurückfuhr. Die Männer in dem Motorboot hatten alle Pistolen am Gürtel getragen, und auf den Kartons war »Almas Beluga« in russischer Schrift gestanden. Ich habe in der Schule in Wien zwei Jahre Russisch gelernt. In Kaiserbad hatte es keinen Russischkurs gegeben, und ich hatte mich ohnehin auf Altgriechisch beschränkt. Aber so viel Kyrillisch war mir in Erinnerung geblieben. Ich konnte mir nicht vorstellen, warum man bei der Übergabe von weißem Kaviar Pistolen am Gürtel brauchte.

# Gamma

**Danach war es dann** nicht mehr so schön. Stephanos und Stelios benahmen sich wie vorher. Der eine war am Steuer, der andere turnte vorne herum, und manchmal musste ich das Steuer halten. Aber es war, als wäre ich gar nicht da, und wenn ich etwas fragen wollte, dann schauten mich die Skipper kurz an und machten weiter, als hätte ich nichts gesagt.

Das mit dem Steuer, das war wie am Neusiedler See, nur hier war das Steuer größer und aus einem angenehm anzugreifenden Material. Dann war aber plötzlich ein riesiges schwarzes Segel vorne dran, und Stephanos nahm mir das Steuer aus der Hand und hielt mir eine Schwimmweste hin. Ich musste Seile halten und mich in Seile hängen. Das Schiff flog nicht mehr über die Wellen dahin, sondern schnitt sich einen Weg durch die Wellen.

Die Skipper blieben ganz ruhig dabei, und wenn sie einander etwas zuschrien, dann nur, weil es laut sein musste. Aber das war das Schwierige. Diese zwei Männer blieben immer gleich. Die waren außen total glatt, und man konnte nichts über sie wissen. Die hatten ja auch nicht auf die Männer in der Bucht reagiert, und ich war für sie auch nicht anwesend. Während der Segelmanöver hatte ich plötzlich das Gefühl, dass diese beiden Männer überhaupt keine Gefühle hatten, aber das war natürlich meine Fiktion. Ich hätte da nicht mitfahren sollen, und für solche Überlegungen war es reichlich spät. In dem Durcheinander konnte ich auch nicht an Marios denken, und das machte mich richtig verzweifelt. Ich begann diese Männer zu hassen, als wären sie für das Wetter verantwortlich.

Irgendwie war ich mir aber trotzdem sicher, dass mir nichts geschehen würde. Das hatte ich mir schon in Heraklion gedacht. Da war ich nur von dem Wunsch getrieben gewesen, nach Athen zu kommen und nicht den ganzen Tag in Heraklion herumsitzen zu müssen. Aber ich wäre nicht zu irgendwelchen Kerlen in ein Schiff gestiegen, wenn mir die unsympathisch gewesen wären. Ich war aber für sie in einer gewissen Weise nicht anwesend, so dass ich Angst bekam und mich als Gefangene fühlte.

Ich fragte den Stelios neben mir da schon das dritte Mal, warum wir dieses große Segel vorne aufgezogen hätten. Stelios nickte nur wieder und drückte mir wieder ein Seil zum Halten in die Hand. Dann musste ich mich an den Rand setzen und mich wieder gegen die Kraft des Winds nach hinten legen. Das war aber längst keine fröhliche Segelpartie mehr, und ich war nass und verdrossen und hatte einen Hass auf die Skipper, als wären das meine Eltern.

Ich bin ja nur bei der Mami aufgewachsen, und mein Vater war nur sehr selten aus Frankfurt zu Besuch. Ich kenne also diese Situation nicht, wenn so ein Paar im Auto vorne sitzt und man als Kind hinten ausgeliefert ist. Ich bin, sobald es erlaubt gewesen war, vorne neben der Mami im Auto gesessen. Im Segelboot auf der Ägäis konnte ich mir aber vorstellen, wie das sein könnte, wenn dieses Elternpaar einen so hinter sich herzieht, und ich hätte gerne diese Frage gestellt: »Sind wir schon bald da?«

Aber man konnte da schon nicht mehr gut reden, und die Skipper riefen einander nur noch einzelne Worte zu. Ich konnte wieder kein Wort verstehen, aber es war endgültig zu sehen, dass es besser gewesen wäre, sich auf ein Abenteuer nur zu begeben, wenn man die Landessprache beherrscht.

Wenn rundherum nichts anderes zu sehen ist als Meer, dann gewöhnt man sich schnell daran, nass zu sein und kaputte Hände zu haben. Es bleibt ja nichts anderes übrig, als weiterzusegeln. Ich dachte dann auch wieder an Marios und dass ich Nachrichten schauen hätte sollen. Wenn etwas passiert wäre, dann hätten die das gebracht, obwohl über Demonstrationen längst nicht mehr berichtet wurde. Ich hatte wegen dieser Männer auf dem Balkon nicht an den Fernsehapparat gedacht, und ich ärgerte mich wieder über mich. Ich musste souveräner werden und mich nicht von meinen Wünschen so ablenken lassen. Warum hatte ich diese Männer nicht angeschrien? Das wäre mein gutes Recht gewesen, aber ich vermied immer noch, mich in Situationen hineinzuwerfen. Ich überlegte viel zu lange, und dann wurden die Umstände gleich so kompliziert, dass jede Handlung gehemmt wurde. Aber ich musste auch überlegen, dass ich mir so ein Handeln nicht aufzwingen lassen durfte und mir das Denken abgewöhnen ließ. Und was sollte ich der Sidi erzählen? Ich konnte schon den schief verzogenen Mund vom Angelos sehen, wenn die Sidi ihm die Sache mit Evangelos übersetzt hat, und ich beschloss, denen gar nichts zu erzählen. Die Sidi hätte die Übersetzungsarbeit gehabt, und es ist ja schon schwer genug, eine solche Geschichte überhaupt zu erzählen. Wenn sie dann aber jemand übersetzen muss, der die Person gut kennt! In Churio sind sowieso alle irgendwie miteinander verwandt, es wäre ja auch der Marios hineingezogen worden. Ich musste das Bild von mir selbst ändern. Ich durfte mich nicht als die Vertriebene anschauen, ich musste mich als die sehen, die aus dem Auto ausgestiegen war, als die, die sich entzogen und den Evangelos des Platzes verwiesen hat. Er hatte ja alleine weiterfahren müssen, und wie schwierig die Situation deshalb für mich geworden ist, das geht ihn ja nichts an. Und warum hatte ich nicht die Nachrichten angeschaut? Ich hatte nicht einmal daran gedacht, dass das eine Möglichkeit gewesen wäre. Dann wieder war ich froh. Es gab doch immer nur die Bilder von Personen, die von der Polizei niedergeknüppelt werden oder weggeschleppt, und was hätte ich damit anfangen sollen?

Ich beugte mich zu Stelios hinüber und fragte ihn, ob man in Griechenland so einfach eine Pistole tragen dürfe. Stelios verstand mich nicht gleich, ich musste die Frage lauter stellen. Dann grinste er und sagte, dass man in Griechenland alles machen dürfe, wenn man das Geld dafür habe. »Like everywhere«, schrie ich in den Wind, und er nickte.

Dann segelten wir plötzlich auf eine Glaswand zu. Es sah aus, als wäre vor uns eine riesige Kuppel aus Glas aus dem Meer aufgestiegen und als würden wir gleich an dieser Glaswand zerschellen. Aber wir kamen nie bis zu dieser Wand. Das dunkle Riesensegel steuerte darauf zu, wir waren richtig schnell. Es schien erst ein Crash gegen diese Wand zu werden, dann sah es aus wie eine Wettfahrt mit dieser Glaskuppel, und dann drehten wir ab, und die Sonne war schon wieder auf der anderen Seite des Schiffs. Ich fragte nun doch, ob wir bald irgendwohin kämen, aber Stelios hörte mich nicht, und Stephanos war wieder vorne in den Segeln. Mir war es zu blöd, ich setzte mich einfach in die Kabine unten.

Mir kam es dann vor, als wären wir mindestens zwanzig Stunden unterwegs und hätten uns so durchgekämpft, aber es war natürlich nicht so lange. Es ging auch lange Strecken ganz ruhig, aber sehr schnell dahin. Dann wieder erfasste ein anderer Wind die Segel, und man musste sich auf diesen Wind einrichten. Ich wünschte mich von diesem Boot weg. Die Wellen waren noch höher und steifer geworden, sie schienen das Schiff abzustoßen und von Welle zu Welle springen zu lassen. Diese griechischen Frauen in Heraklion, hatten die nicht von Sturm gesprochen und hatten deshalb abgelehnt? Ich konnte mich aber nicht so genau erinnern. Ich war ja mit meinen Sachen beschäftigt gewesen. Dann dachte ich aber wieder, dass wir so wenigstens sehr schnell weiterkämen. Ich hatte es schließlich eilig, und der Wind schien eine Hilfe zu sein. Die Luft war warm, und dieses raue Segeln war ein Abenteuer, es hatte gar nichts mehr mit dem Neusiedler See zu tun.

Eine Insel tauchte auf, und das große Segel vorne kam herunter. Dann begann Stelios so zickzack zu segeln. Wir wurden zwar langsamer, tauchten aber trotzdem immer wieder fast unter. Dann holte Stephanos auch die anderen Segel herunter, alles wurde eingerollt und festgeschnallt. Das Schiff stieß und hüpfte auf den Wellen herum, ich musste mich besonders gut festhalten. Mein Gesicht brannte vom Wind, aber es musste kein Seil mehr gehalten werden, und ich ging hinunter ins Badezimmer.

Beim Händewaschen schaute ich, ob ich irgendeine Creme für mein Gesicht finden könnte. Aber in dem Spiegelkästchen war nichts. Es stand auch nichts in den Regalen. Alles schaute neu und ungebraucht aus, und die Matratzen in den Kojen vorne waren in eine Plastikhülle verpackt. Dieser Nico hatte gesagt, dass Stelios und Stephanos das Boot zum Besitzer nach Athen bringen müssten. Aber dieses Boot war nicht besessen. Niemand hatte irgendetwas hingestellt oder benutzt. Die Laden und Fächer waren leer. Die zwei Männer schliefen aber da. Es lag Zeug auf dem Bett im Wohnzimmer, obwohl auch da noch die Plastikverpackung zu sehen war. Wo rasierten sich diese Männer? Sie waren glattrasiert, aber in diesem Badezimmer hatte sich noch nie jemand rasiert. Oder konnten die so gut putzen? Es war nicht so einfach, ein Badezimmer so zu putzen, dass es aussah, als wäre es noch nie benützt worden. In Hotels können die das, aber das muss man richtig genau lernen. Ich stand vor dem Spiegel und schaute mir das alles genau an. Aber es sah wirklich alles neu aus, und ich konnte mir nicht vorstellen, wie das gehen sollte. Das Schiff war in Slowenien gebaut worden. Da musste man von dort einmal nach Heraklion gesegelt sein. Lebten diese Männer so und berührten nichts und hinterließen deshalb keine Spuren in Badezimmern? Mit einem Mal waren mir diese Personen ekelhaft und unerträglich. Ich wusste während des Überlegens, dass das ganz alleine meine Phantasien waren und dass ich meine falsche Entscheidung mitzusegeln diesen Personen auf diese Weise aufbürdete. Aber der Ekel war trotzdem angenehm, und ich verschob die Selbstkritik auf später. Ich blieb lange in diesem Badezimmer eingesperrt und kletterte erst hinauf, da war das Schiff schon sehr langsam geworden. Meine Umhängtasche, die ich unten abgelegt hatte, nahm ich gleich wieder mit.

Das Schiff glitt auf einen Yachthafen zu. Man konnte das Klimpern der Karabiner gegen die Masten hören. Stephanos stand vorne und telefonierte. Beide Männer schauten sich suchend um. Dann deutete Stephanos, und Stelios lenkte das Schiff an den Anfang eines Landestegs. Das wäre jetzt aber nicht Athen, sagte ich, und Stelios deutete mir, ich solle still sein und nichts sagen. Er grinste mich aber dabei an, und ich verstummte sofort. Aber diese Geste hatte mich wütend gemacht. Stelios hatte mir gedeutet, ich solle den Mund halten, als wolle er eine Fliege erschlagen, und sein Grinsen hatte die Unfreundlichkeit nur verstärkt.

Aber ich musste warten. Es dauerte noch ewig, bis wir an Land kamen. Stephanos telefonierte weiter. Stelios saß wartend da und ließ den Motor immer wieder das Wasser unter dem Schiff aufwirbeln. So hielt er das Schiff gegen den Wind auf der Stelle. Niemand kümmerte sich um mich, also beschloss ich, dass ich keinen Cent für diese Fahrt zahlen würde. Dann hörte Stephanos zu telefonieren auf und kam nach hinten. Auf dem Landesteg tauchte ein Mann auf, der sich ein Seil zuwerfen ließ. Ich fragte wieder, wo wir denn seien und was das bedeute.

»It's the weather«, sagte Stelios und legte die Planke vom Schiff auf den Landesteg. Ich war ja über diese Planke auch eingestiegen, aber jetzt lag das Schiff nicht so ruhig da, und die Planke rutschte hin und her. Ich solle an Bord bleiben, sagte Stephanos.

Ich hielt mich an dem Geländer hinter den Sitzen fest. Ich hatte gleich ein flaues Gefühl im Magen. Hatte Stephanos das jetzt in einem drohenden Ton gesagt? Die plastikverpackten Matratzen fielen mir ein, und das böse Gefühl verstärkte sich. Ich verlor das Gleichgewicht, taumelte gegen das Steuer, und Stelios schob mich mit Nachdruck auf die Bank zurück. Das böse Gefühl verwandelte sich in eine Beleidigtheit, ich kletterte auf den Rand des Boots und stürzte über die Planke auf den Landungssteg. Hinter mir rutschte das Schiff ein wenig weg, und der Mann vom Hafen musste zur Seite springen, damit ich nicht gegen ihn prallte und ins Boot zurückfiel. Der Mann rief etwas wie »Hö«, und Stelios rief etwas auf Englisch, aber ich drehte mich nicht einmal um und lief auf dem Landesteg davon. In dem Augenblick auf der schwankenden Planke und beim Sprung auf den Landesteg und wie der Mann »Hö« gegrunzt hatte, da war ich mir sicher gewesen, dass diese Männer mich irgendwohin transportieren wollten.

Das war sicherlich nicht der Fall gewesen, aber in dem Augenblick schien mir das die einzig logische Erklärung für das ganze Unternehmen. Noch im Weglaufen sagte ich mir vor, dass ich übertrieben reagierte, aber es war nichts gegen diese Flucht zu machen. Heute denke ich, dass diese Männer einfach dem Sturm ausweichen hatten wollen, und das Schiff wurde in Sicherheit gebracht. Wie wichtig meine Sicherheit gewesen war, das kann ich natürlich nicht sagen, aber ich war bestimmt nicht auf dem Weg in die Sklaverei gewesen. Da hatte ich mir in aller Eile ein ganzes Ressentimentszenario zusammengeschustert, um meine eigene dumme Entscheidung ausgleichen zu können. Ich bin ja nicht blond und schminke mich nicht, deshalb falle ich den meisten Leuten schon gar nicht auf, und diese Männer hatten mich nicht einmal richtig angeschaut. Oder man sagt mir: »Warum machst du nichts aus dir?« Dann wieder bin ich sehr groß und dünn, und das gefällt manchen Leuten so in der Art: »Du könntest ein Model sein.« Die tun dann so, als hätte jede große und dünne Frau die Verpflichtung, sich fotografieren zu lassen. Wahrscheinlich ist das die heutige Form des minoischen Opfers. Bestimmte Frauentypen müssen ihr Bild opfern, und viele tun das ja auch freiwillig. Meine Mami hat mir aber beigebracht, sehr genau nachzurechnen. Und wenn eine das tut, dann weiß sie, dass sie gar nichts hergeben muss und dass diese Frauen ihren Einsatz nie zurückbekommen. Wir wissen ja doch, dass nur Heidi Klum reich werden wird und ihren Vestalinnen nichts bleibt. Meine Mami hat mir aber auch beigebracht, besser auf mich aufzupassen, und schon gleich nach dem Tor zu dem kleinen Yachthafen gelobte ich, mich nie wieder auf so eine Sache einzulassen.

Ich bin dann lange und weit gelaufen. Ich hatte das Gefühl der Gefährdung nicht abschütteln können und wollte so weit wie möglich von diesem Schiff weg. Ich war auch böse auf die Skipper. Ich wusste nicht einmal, wo ich mich befand. Ich war unterhalb von Hotels und Häusern weggelaufen und kam über eine Straße am Meer auf einen Weg und ging da weiter. Ich schaltete mein iPhone wieder ein. Ich wanderte dahin und suchte nach der GPS-Funktion. Dann schaute ich doch zuerst nach, ob ich eine Nachricht von Marios finden würde. Dann las ich die Nachrichten von der Sidi. Dann suchte ich wieder nach dem GPS, und da kam der Sturm.

Ich wurde umgeworfen. Eigentlich wurde ich hingeschleudert. In einem Augenblick hatte ich gerade noch auf mein iPhone gestarrt und bin auf dem Weg zwischen den

Felsen gleich über dem Meer gegangen, und im nächsten Augenblick lag ich auf dem Boden und hatte Mühe, Luft zu bekommen. Ich musste das iPhone suchen. Es war mir aus der Hand geschlagen worden, ich kroch auf dem Boden herum, bis ich es fand und in die Tasche schieben konnte. Es regnete nicht, aber der Sturm selbst war nass und drückte mich mit dieser Nässe auf dem Boden fest. Ich musste mein Gesicht in der Armbeuge verstecken, um überhaupt atmen zu können.

Der Felsboden war rissig zerklüftet mit scharfen Rändern und Zacken. Ich hatte mir beim Hinfallen und Herumkriechen gleich die Arme und Hände zerschnitten. Ich lag mit dem Gesicht in der Armbeuge und rang um Atem. Der Sturm schlug von oben auf mich ein, und ich klammerte mich mit den Händen an den Felszacken fest, obwohl ich ja schon auf dem Boden lag. Der Sturm peitschte auf meinen Rücken und hielt mich nieder, und ich dachte, dass ich verloren sei. Ich begann weiterzukriechen. Ich zog mich am Boden über die Felsen und hielt mein Gesicht in Felsmulden für das Atmen. Ich wollte fort von diesem Weg. Ich dachte, dass ich sterben müsste, aber ich wollte nicht auf diesem Weg umkommen, und irgendwo musste es ja Hilfe geben. Ich konnte immer nur kurz den Kopf heben, es war weit und breit kein Haus zu sehen. Es gab nur das Meer und den Felsstrand. Ich wollte in die Felsen hinaufkriechen und hinter einer Felsklippe Schutz suchen, aber ich kam nicht weiter. Der Sturm riss mir die Atemluft vom Mund weg, so dass ich mich wieder in die Felsritzen beugen musste, um Luft holen zu können. Ich musste dann zurück auf den Weg hinunterkriechen. Weiter oben wurde der Sturm noch stärker und das Atmen noch schwieriger.

Schwarze Wolken hingen fast bis zum Wasser herunter, und die Stöße des Sturms schienen Arme zu sein, die in gewaltiger Weise auf das Land griffen. Zeus war da gut vorstellbar. Es war, als ob ein Lebewesen da herumtobte. Ich war nie in meinem Leben körperlich so hilflos gewesen. Ich war ein Stück Holz und konnte nichts tun. Ich hatte Angst, aber ich war auch erstaunt über alles. Ich hatte mir so etwas nicht vorstellen können. Ich dachte, dass ich sterben müsste, aber das war nur eine Tatsache wie der Sturm selbst, und das einzig Wichtige war, genug Luft zu bekommen.

Das Wasser rollte in dunkelgrün gläsernen Wellen immer höher die Felsen herauf. Ich kroch auf dem Weg, und dann kam die erste Welle über den Rand. Ich war schon nass vom Segeln gewesen und dann vom Sturm, aber das Wasser der Welle war ein neuer Schock, und ich rappelte mich auf allen vieren auf und krabbelte so weiter. Die Umhängtasche schliff unter mir über den Boden, ich kam mir vor wie ein Tier mit einem Beutel am Bauch. Wenn ich genug Luft hatte, fluchte ich und verfluchte diesen Sturm. Aber ich musste mich immer wieder hinlegen und den Sturm über mich hinwegtoben lassen.

Das ging lange so. Ich kämpfte mich vorwärts, kämpfte um Luft. Der Sturm wütete über mich hin und fand immer neue Winkel, mich zu Boden zu zwingen. Ich dachte an gar nichts mehr und suchte nur noch nach Schutz. Es war dann auch irgendwann verführerisch, einfach liegen zu bleiben, aber auch das erschien mir seltsam. Die Atemnot trieb mich immer wieder weiter. Die Hoffnung war, eine Stelle zu finden, an der wenigstens das Atmen in Ruhe möglich wäre, aber dann wurde es noch schwieriger. Die Sturmstöße schienen noch stärker zu werden, sie trieben die Luft auch aus den Felsritzen und unter dem abgewinkelten Arm heraus. Ich lag nach Luft schnappend auf dem Boden. Der Sturm lag als ein geschmeidiges Bleigewicht auf meinem Körper und drückte mir das Leben aus dem Leib, und dann war mit einem Mal alles vorbei.

Ich konnte mich aufrichten. Ich konnte sitzen. Es war windig, und starke Böen fuhren mir in die nassen Haare, aber der Sturm war vorbei. Ich konnte wieder hören, und es kam mir die Welt ganz leise vor, weil das Tosen und Toben des Sturms nicht mehr alles übertönte. Ich rappelte mich auf, begann zu gehen und verfiel dann ins Laufen, um wenigstens jetzt vor diesem bösen Ding davonzulaufen.

Ich rannte nur ein paar Meter, da kam mir eine Person in einer gelben Regenjacke entgegen. Ich war gleich misstrauisch. Wer war das wiederum, und warum lief diese Person so mit den Armen fuchtelnd auf mich zu? Ich blieb stehen und schaute mich um. Ich hätte in die schwarze Wolke hinter mir zurücklaufen müssen, um dieser Person zu entgehen, und einen Augenblick lang überlegte ich das sogar. Die Person war aber schon ganz nah und winkte die ganze Zeit, ich solle näher kommen.

Dann war ich plötzlich so müde, dass ich nur ganz langsam weiterkam, und es gab keinen anderen Ausweg, als auf diese Person zuzugehen. Der Mann im der gelben Regenjacke schrie mir entgegen. »What are you doing?« verstand ich dann, und ich rief »What are you doing?« zurück.

Der Mann blieb kopfschüttelnd stehen und wartete, bis ich bei ihm angekommen war. Ich erkannte ihn gleich. Er war ein Regisseur, der in Berlin lebt und der mit der Mami befreundet gewesen war, und ich wollte ihm das gerade sagen, da begann er mich zu beschimpfen. Er sprach ein sehr schlechtes Englisch, und bei der ersten Pause in seiner Gardinenpredigt sagte ich ihm, dass er Deutsch mit mir sprechen könne. Ich würde andere gefährden, keuchte er. Wie ich bei einem solchen Wetter auf diesem Weg gehen könne. Er habe in dieses Wetter herauskommen müssen, um mir Hilfe zu leisten, und ich wäre unverantwortlich. Ob ich zu blöd wäre, zu verstehen, was eine Sturmwarnung bedeute.

Ich ging weiter. Was wollte dieser Mann von mir? Er hatte sich die Mühe, mich zu retten, offenkundig doch nur dafür gemacht, mich beschimpfen zu können. Rettung stellte ich mir anders vor, und ich hasste diesen Mann dafür, dass er sich das Recht nahm, mich zu maßregeln. Ich sagte dann auch, dass ich ihn doch nicht um Hilfe gebeten hätte und könne er mich bitte in Ruhe lassen. »Herr Schneider«, sagte ich, »Herr Schneider. Bitte lassen Sie mich doch einfach in

Ruhe.« Der Mann hielt inne. Woher ich seinen Namen kennen würde, wollte er wissen, aber ich ging weiter. Das war mir alles zu blöd, ich wäre so gerne einfach froh gewesen, dass das alles vorbei war. Ich fragte nicht einmal, ob ich auf diesem Weg zu irgendeinem Hotel kommen würde.

Ich sah zuerst die Leute weit oben hinter einem riesigen Panoramafenster winken und deuten, dass ich zum Haus hinaufkommen solle. Dann erst sah ich das ganze Haus. Das Haus war in die Felsen weit oben hineingebaut. Der Weg, auf dem ich dahingekrochen war, führte zwischen den Felsen und dem Meer unten an dem Haus vorbei. Zum Haus kam man von diesem Weg über viele Stufen hinauf.

Peter Schneider überholte mich und begann die Stufen hinaufzusteigen. Ein anderer Mann war von oben heruntergekommen. Ob es mir gutginge, rief mir der Mann von weitem auf Englisch zu. Peter Schneider rief zu ihm hinauf: »Du, die kennt mich«, und ging weiter. Der andere Mann kam lachend zu mir. Wie das käme, fragte er mich. Ich sagte, dass ich nach Athen müsse und wie man von dieser Insel dahin kommen könne. Der Mann meinte, dass es erst am nächsten Tag wieder eine Fähre gäbe, die führe nach Santorin, und dann müsse man von da weiter. Das wäre aber kein Problem. So reisten sie alle immer zwischen Athen und ihrem Haus da.

Für mich war das niederschmetternd, und ich setzte mich einmal auf eine der Stufen. Ich solle doch ins Haus kommen, sagte der Mann. Ich erinnerte mich jetzt auch, wer er war. Er war der Freund vom Peter Schneider gewesen. Ich hatte aber seinen Namen vergessen. Ich kannte den Peter Schneider besser, weil er die Mami immer besucht hatte, wenn er in Wien eine Regie am Burgtheater gemacht hatte. Da war ich aber noch klein gewesen.

Der andere Mann nahm mich dann einfach an der Hand und zog mich die Stiege hinauf. Ich musste mich so beherrschen, nicht aus Wut und Enttäuschung zu weinen zu beginnen, dass ich mich nicht wehren konnte. Ich stolperte in das Haus oben und bekam Jeans und T-Shirt und einen Bademantel in die Hand gedrückt und wurde von einer älteren Frau in ein Badezimmer geschoben. Ich solle heiß duschen, und dann gäbe es auch das Essen. Es würde sehr früh gegessen, sagte der andere Mann, sie müssten alle abnehmen. »Alte Männer müssen sich sehr einschränken«, sagte er. Mir fiel da dann ein, dass er Gerhard hieß und etwas mit Opern zu tun hatte.

Nach der warmen Dusche war alles wieder gut. Es gab auch Handyempfang, und ich textete der Sidi, dass es mir gutginge. Von Marios gab es keine Nachricht. Ich suchte nach den News über Griechenland, aber da wurde an die Badezimmertür geklopft, und Peter Schneider steckte auch gleich den Kopf herein. Es gab keine Möglichkeit, die Badezimmertür abzuschließen. Peter Schneider schaute mich an, er habe auch das Gefühl mich zu kennen, aber darüber sollten wir beim Abendessen reden, und das wäre übrigens fertig. Ich solle mich beeilen. Alle wollten einen Bericht von meinem Abenteuer, und ob ich eine Schauspielerin sei. Ich habe nichts gesagt.

Vom Esstisch aus konnte man in zwei Richtungen auf das Meer hinausschauen. Nach vorne und über eine Terrasse nach links fiel der Blick auf den Meereshorizont. Draußen war es fast dunkel, und das Meer bildete eine noch dunklere Masse unter einem tief herunterreichenden dunklen Wolkenhimmel. An den Palmen auf der Terrasse konnte man sehen, wie stark der Wind noch die Palmblätter zerzauste.

Es waren viele Leute da. Eine alte Frau war die Ehefrau von diesem Gerhard. Der saß aber neben einem blonden, jungen Mann, und es war zu sehen, dass die beiden ein Paar waren. Gekocht hatte ein noch jugendlich wirkender älterer Grieche. Dann waren da noch Peter Schneider und ein Ehepaar aus Köln. Es gab Fisch und Salat und ein herrliches Fladenbrot. Ich wurde satt, und ich war dann auch ganz unwichtig, niemand wollte etwas von mir wissen. Es fiel auch niemandem auf, dass ich nichts vom Fisch gegessen hatte, und ich musste nichts über vegetarisches Essen sagen.

Ich hatte gefragt, wie ich zu einem Hotel kommen könne. Der Gerhard hatte gesagt, ich könne auf dem Sofa im Wohnzimmer schlafen, wenn mir das reichte. Niemand wolle jetzt mit dem Auto fahren, und man müsse das Auto nehmen, um in die Nähe der Zivilisation zu kommen. Außerdem hätten sie schon am Nachmittag Champagner getrunken, es wäre sowieso niemand mehr in der Lage, mit dem Auto zu fahren. Es wurde sehr viel Rotwein getrunken, alle wurden sehr lebhaft und auch aggressiv gegeneinander. Ich musste gar nichts erzählen, nur die Frau aus Köln hatte wissen wollen, wie ich heiße. Ich sagte ihr meinen Namen. Ich heiße ja anders als meine Mutter, und Peter Schneider musste weiter nachgrübeln, woher ich ihn kennen würde. Ich hatte ihm dann gesagt, dass er doch in Wien am Theater eine bekannte Persönlichkeit sei, und da hatte es ihn dann nicht mehr weiter interessiert.

Der Grieche, der gekocht hatte, stellte griechische Süßigkeiten zur Nachspeise auf den Tisch. Peter Schneider fragte, woher die kämen, und ergänzte gleich, dass er es gar nicht wissen wolle. Er warf seine Serviette auf den Tisch und stürzte hinaus. Der griechische Mann schenkte sich Rotwein nach und trank das Glas gleich wieder aus. Die Frau aus Köln schaute sich fragend um. Der Gerhard sagte, dass man den Peter verstehen müsse. Die Frau zog die Schultern hoch, sie wollte etwas sagen, aber ihr Mann fiel ihr ins Wort und meinte, dass das sicher wegen dieser Sache sei. Dann schaute er fragend auf Gerhard, und die Frau von Gerhard sagte, dass es natürlich mit dieser Frau zu tun habe. Der Gerhard fiel wieder ihr ins Wort und sagte, dass das alles nicht so einfach sei und man könne die ganze Sache nicht auf diese Person reduzieren. »Ja«, sagte seine Ehefrau zu ihm. »Es gehören immer zwei dazu. Nicht wahr?« Da knallte der Grieche sein Glas auf den Tisch und ging auf die Terrasse hinaus. Er ließ die Tür offen stehen, und der Mann aus Köln ging hin und schloss sie wieder. Man konnte den Griechen sehen, wie er versuchte, sich im Wind draußen eine Zigarette anzuzünden. Peter Schneider kam draußen von unten auf die Terrasse herauf. Er blieb am Rand stehen, dann stellte er sich zu dem Griechen. »Die zwei«, sagte der Mann aus Köln. »Die zwei, die kriegen das hin«, führte seine Frau den Satz zu Ende. Alle nickten, und es wurde Metaxa eingeschenkt. Ich war die Einzige, die von den süßen Bäckereien aß.

Dann fragte mich die Frau aus Köln doch noch, warum ich allein hier im Sturm herumliefe und was ich in Athen tun wolle. Ich sagte nur, dass das Schiff von meinem Freund kaputtgegangen sei und dass ich jedes Vertrauen in ihn verloren hätte. Ich sei also quasi auf der Flucht. Die Frau glaubte mir nichts und schaute skeptisch abwartend. Ich sagte noch, dass ich schon gestern zu dieser Demonstration für die HIV-Frauen in Athen sein hatte wollen und dass alles, was schiefgehen könne, schiefgegangen sei. Die Frau wollte wissen, was das wieder für eine Geschichte mit diesen Frauen in Athen sei, und ich erklärte ihr das.

Der Mann aus Köln starrte die ganze Zeit auf den Peter Schneider und den Griechen auf der Terrasse draußen. Der blonde Jüngling hatte während des ganzen Essens nichts gesagt. Dann brummelte der Mann aus Köln, dass man gegen HIV-infizierte Prostituierte schon etwas machen müsse. Seine Frau sagte ihm, dass er nicht zugehört habe, und es sei ja eben gerade nicht der Fall, dass diese Frauen infiziert wären. Ihr Mann schüttelte nur den Kopf. Das sei trotzdem ein

Problem, und man solle die Polizei nicht immer so in Bausch und Bogen verurteilen.

»Ja. Die Frauen.« Der Gerhard lachte auf. Seine Frau schaute ihn an und sagte, dass nicht alle Frauen ein Problem seien, wenn es eigentlich um diese eine hier ginge. Niemand sagte etwas. Nach langem Schweigen fragte der Mann aus Köln, woher ich denn käme, und ich sagte, dass ich aus Wien sei. Da seufzten alle auf, und jeder erzählte, warum er Wien eine so schöne Stadt fände, und alle sagten mir, dass sie mich beneideten. Ich solle jedenfalls stolz darauf sein, aus so einer schönen Stadt zu kommen.

Dann ging der Gerhard auf die Terrasse hinaus. Ich war so müde, dass ich nur schlafen wollte, und setzte mich auf einen großen Lederfauteuil in der Ecke. Die Männer kamen von der Terrasse wieder herein, aber alle gingen bald wieder davon, und es blieben nur die Kölner da. Die Frau hatte ein Strickzeug genommen und klapperte mit den Nadeln. Ihr Mann las Zeitung und raschelte beim Umblättern. Mir fiel ein, dass ich immer noch nicht wusste, wo ich war. Aber ich wusste keinen Weg, das unauffällig zu ändern. Ich dachte nach, wie ich den Namen der Insel herausfinden konnte, ohne zugeben zu müssen, dass ich nicht wusste, wo ich war. Ich wollte mich ja nicht verdächtig machen.

Von draußen war der Wind zu hören, aber es war nichts zu sehen als eine weite Dunkelheit. Der Mann aus Köln sagte etwas zu seiner Frau, und die lachte. Nein, auf dem Dach und unter den Sternen werde man diesmal nicht übernachten können. Die Frau beugte sich freundlich zu mir und sagte, dass sie das sehr gern machten, auf dem Dach zu schlafen. Da hätten sich die Griechen einmal das Richtige ausgedacht, murmelte ihr Mann. Die Frau protestierte, und der Mann sagte: »Ist ja wahr. Die können sehr gut leben, aber vom Arbeiten verstehen sie nichts.« Die Frau schüttelte den Kopf und zählte Maschen auf ihrer Stricknadel.

In Churio schläft niemand auf dem Dach. Da sitzt nur der Strati in der Nacht auf dem Dach und schaut hinaus. Er lebt mit seiner Schwester ganz oben im Dorf. Ihr Haus ist das letzte vor dem Fußweg, der hinter dem Dorf vorbeiführt und auf dem man auch zur Sidi gehen kann. Die Sidi sagt, dass der Strati krank sei. Er sitzt die ganze Nacht auf seinem Dach. Er hat da oben einen Sessel stehen und schaut auf das Meer hinaus. Am Tag ist er mit den Ziegen in den Bergen oben, und in der Nacht sitzt er vor dem Meer und dem Sternenhimmel.

Ich habe ihn oft gesehen. Ich habe am Anfang auch nicht schlafen können und bin auf diesen Wegen herumgegangen. Aber ich habe dann am Tag schlafen können. Sonst habe ich in Churio immer nur Touristen auf den Dächern gesehen. In Churio kann man in der Nacht die Menschen hören. In der Nacht kann man alle aus ihren Häusern heraus hören. Man hört sie atmen, seufzen, husten, stöhnen und schnarchen. Es ist dann still, und wenn so mitten in der Nacht überhaupt kein Wind weht, dann sind alle aus ihren weißgekalkten Häuschen zu hören. Der Strati sitzt über allen drüber und hört ihnen beim Schlafen zu.

Der Mann und die Frau aus Köln redeten über Gerhard und Peter. Sie fragten sich, ob die Beziehung der beiden auch diese Krise überstehen würde. Es wäre schade, wenn das alles aus wäre, sagte die Frau und schaute sich im Raum um. Der Mann war skeptisch, aber die Frau war zuversichtlich. Die hätten schon ganz andere Treulosigkeiten überstanden. Ja, sagte der Mann. Aber warum sei denn die Eva da. Die würde doch nur geholt, wenn es um die Wurst ginge. Die beiden lachten laut, und die Frau sagte, die Eva sei jedes Jahr im September hier. Ja, das wäre früher so gewesen, sagte der Mann. Aber die wäre doch auch schon in Pension und könne hier Urlaub machen, wann sie wolle. Er solle nicht so ungerecht sein, sagte die Frau. Die Eva leide sehr unter ihrer Pensionierung. Die Eva hätte gerne noch weitergearbeitet. Dann redete das Ehepaar aus Köln über das Rentenalter in Deutschland, und wie dumm es sei, dass die Eva nicht bis siebenundsechzig weiterarbeiten durfte.

Ich lehnte in diesem Fauteuil und konnte nicht schlafen gehen. Die Schnitte an den Unterarmen und den Händen taten weh. Ich hatte auch Risse von den Felsen auf dem Bauch. Das tat alles nicht richtig weh, aber es war unangenehm. Aber ich war in diesem tollen Haus und fühlte mich total sicher. Ich hörte diesem Ehepaar zu und dachte, dass es für Kinder in einer normalen Familie so sein musste. Die Eltern reden im Nebenzimmer so vor sich hin, und man kann beruhigt daneben einschlafen.

# Delta

**Ich bin dann** unter einem Kaschmirplaid auf einem von den dicken, weißen Ledersofas im Wohnzimmer aufgewacht. Ich konnte noch im Liegen auf das Meer hinausschauen, und draußen war heller Sonnenschein. Auf dem Meer tanzten noch kleine Schaumkrönchen, aber der Wind war nicht mehr zu hören. Das habe der Architekt nicht gut gelöst, hatte der Gerhard gesagt. Wenn der Wind stärker würde, dann begänne so ein Pfeifen an der westlichen Ecke der Glasfassade. Man hätte so nie das Gefühl, vor einem Sturm wirklich sicher zu sein, aber dafür wären dann ja auch alle am Fenster gestanden und hätten mich dann entdeckt. Außerdem kämen im Sommer solche Stürme gar nicht vor, und im Winter habe keiner Zeit, das Haus hier zu nutzen. Da müssten sie alle arbeiten, und die Einheimischen hätten dann die Insel für sich. Er sagte wirklich »Einheimische«. Ich musste an Marios denken und dass er zu denen gehörte, die dieser Mann »Einheimische« nannte.

Ich lag lange auf dem Sofa und ließ mir Zeit mit dem Aufwachen. Dann kam ein Mann den Weg unten entlang, ich stand auf und ging auf die Terrasse, um zu sehen, wer das sein könnte. Es war aber keiner von den Skippern, sondern der Mann aus Köln. Er ging am Haus vorbei in Richtung Osten weiter.

In der Küche saßen Eva und die Kölnerin. Sie hatten Kaffee gemacht und aßen Weintrauben. Ich solle mich setzen und jetzt endlich erzählen, sagte die Frau aus Köln. Sie wolle die ganze Geschichte hören und ich solle ihr nicht wieder entschlüpfen. Ich bedankte mich für das Zudecken gestern Abend, und sie lächelte mich an. Ich wäre kaum zu bewegen gewesen, mich von dem Fauteuil auf das Sofa zu legen, aber ich solle nicht schon wieder ablenken. Ich solle erzählen. Da wäre doch mehr dahinter als ein einfacher Schiffbruch.

Ich bekam Kaffee, beide Frauen schauten mich erwartungsvoll an. Ich wollte ihnen gar nichts erzählen, aber ich sagte ihnen, dass es wegen meines Freunds sei, der hieße Marios und habe sich seit vorgestern nicht gemeldet, und dann konnte ich nicht mehr aufhören. Sie erfuhren alles über Marios und die Sache mit Evangelos vor der Fähre.

Die Frau aus Köln war empört und sagte, sie hätte das auch so gemacht. Diese Eva schüttelte den Kopf. Das wäre doch falsch gewesen. Wenn man etwas wolle, dann müsse man solche Schwierigkeiten in Kauf nehmen. Das sei der Preis des Erfolgs. So könne ich nur eine hysterische kleine Geschichte erzählen, und wenn ich mich küssen lassen hätte, dann wäre ich jetzt in Athen. Die Kölnerin hatte erst nur zugehört, dann begann sie zu lachen. »Eva!«, sagte sie dann. Nicht jede Frau könne mit dem Mann verheiratet bleiben, obwohl er mittendrin festgestellt hatte, dass er schwul war. Eva solle das nicht missverstehen, und sie bewundere Eva dafür, aber andere Frauen könnten nicht so cool bleiben. Wenn ihr Schnofi ihr sagen würde, dass er sich zu Männern hingezogen fühle, sie könne nicht garantieren, ob sie ihn nicht umbringen würde. Die Frau aus Köln hatte ihre Hand beruhigend auf Evas Hand gelegt. Wo denn der Schnofi sei, fragte Eva. Der stünde doch immer als Allererster auf.

Ich ärgerte mich über mich selber. Warum hatte ich Marios preisgegeben. Diese Leute wollten doch nur unterhalten werden. Ich kam mir blöd vor, dass ich so eine Art Geständnis gemacht hatte. Die Unterhaltung dieser Leute bestand darin, ihre Vermutungen über den Sex der anderen auszuspinnen. Für die war das noch so wichtig, wer es mit wem wie trieb. Diese Frau aus Köln, die meinte es gut, aber warum wollte sie alles so genau wissen, wenn es sie ja doch nicht wirklich interessierte.

Ich saß an dem Küchentisch und trank Kaffee und hätte bei Marios sein wollen statt mit diesen leeren, satten Menschen hier. Der Marios und ich, wir haben nicht einmal eine gemeinsame Sprache. Wir müssen »I love you« sagen, weil der Marios kein Deutsch kann und ich kein Griechisch. Aber »I love you« ist unsere Insel. Wir können sehr gut auf »I love you« leben, da ist es hell und freundlich und es gibt keinen Sturm.

Da ist mir dann auch eingefallen, dass ich herausbekommen sollte, wie diese Insel genannt wird. Aber dann dachte ich, dass diese Frage sehr seltsam klingen würde, und ich fragte lieber nicht. Die Kölnerin überlegte immer noch, ob es schlimmer sei, von einem Mann mit einer Frau oder einem Mann betrogen zu werden, und diese Eva schaute gequält. Aber die waren noch von diesem Paarprinzip überzeugt, in dem Liebe und Sex Liebe ergibt und wo man als Heteropaar alle anderen Beziehungen hinter dieser anreiht. Die konnten sich nicht vorstellen, dass man eine Freundin haben könnte, die genauso wichtig ist wie der Mann. Für die zwei waren Männer noch das Wichtigste auf der Welt. Die Mami hätte ihre Schwierigkeiten mit denen gehabt. Die Mami hat sich immer schon alleine gesehen. Die Mami hat keinem Mann zugerechnet werden wollen.

Die Frauen redeten dann wieder über dieses Problem. Sie sagten immer nur »das Problem«, und ich hätte gerne gefragt, was dieses Problem nun sei. Aber dann kam der Mann aus Köln von seinem Spaziergang. Er schaute mich merkwürdig an, und ich bekam ein komisches Gefühl im Bauch. Er sagte, dass er zum Hafen gegangen sei und sich erkundigt habe. Am gestrigen Tag sei kein einziges Schiff da vor Anker gegangen und wie ich nun auf die Insel gekommen sei.

Ich dachte an den Mann auf dem Landesteg. Der musste nur sagen, dass niemand angekommen war, und ich war nicht mehr auf der Welt. Es gab mich gar nicht mehr, das war ein seltsames Gefühl. Der Mann aus Köln wollte noch einmal meinen Namen wissen, aber da sagte ich nichts mehr.

Die Kölnerin sagte zu ihrem Mann, er solle mich in Ruhe lassen. Es ginge um eine rasende Liebesgeschichte, und ob er sich nicht mehr erinnern könne, dass es das gäbe. Sie jedenfalls könne sich erinnern, und man müsse mir helfen. Das könne ja alles sein, sagte der Mann, »aber wie ist sie auf die Insel gekommen?«.

Da kam dann gerade der Gerhard. Er war gut aufgelegt und machte noch eine große Kanne türkischen Kaffees. Er könne diese Kaffeemaschinen nicht leiden, er würde gerne diese Kaffeekapseln verbieten. Die würden nur von dieser Oldie-Generation verwendet, sagte er. »Also von deiner«, sagte die Kölnerin, und Eva lachte laut. Ja, das müsse er zugeben. Man müsse ja nur in einer deutschen Stadt im Zentrum in den Shop von dieser Kaffeekapselfirma gehen, und da könne man alle Mittelschichtpensionisten händchenhaltend ihre Lieblingssorte Kaffee aussuchen sehen. In München sei es besonders arg. Da wären alle in Edeltrachtkleidung und ignorant bis zum Stehkragen mit ihrer Tasse Volluto in der Hand und mit der geheimen Hoffnung, George Clooney zu begegnen. Ja, sagte der Kölner, Trachtensakkos hätten einen Stehkragen, und vielleicht wäre der ja dazu da, noch viel ignoranter sein zu können als mit einem normalen Sakko. Er sagte das trocken, und alle lachten.

Sie lasse sich ihre Kaffeekapseln nicht miesmachen, sagte Eva. Der Gerhard habe recht, aber das wäre eben genau das, was diese Generation erreicht habe. Es gäbe endlich guten Kaffee für jedermann. Wenn sie sich erinnere, wie man früher bis Italien fahren musste, bis man einen trinkbaren Kaffee bekommen konnte, dann sei sie jetzt schon sehr froh, dass sich in Deutschland die Kaffeekultur so toll entwickelt habe.

Aber das könnten sich nur die leisten, die jetzt gerade auf Kosten der Jungen ihre Pension verprassten. Gerhard hatte die Arme vor der Brust verschränkt und schaute seine Ehefrau herausfordernd an. Ja, sagte die dann. Ja. Sie bleibe dabei. Man müsse etwas dafür bekommen, wenn man etwas geleistet habe, und wenn Kaffee ein Statussymbol sei, dann wolle sie es haben. Man könne das ja in Griechenland sehen. Da hätte jeder immer guten Kaffee, und deshalb müsse nichts geleistet werden. Der Gerhard könne gern sein Geld damit verdienen, seinem Publikum die Opern kritisch vorzutranchieren. Sie habe eben nicht das Privileg, ihr Geld mit der Vortäuschung von Revolution verdienen zu können. Sie setzte sich auf ihrem Sessel zurück und trommelte mit der Hand auf dem Tisch. »Ist ja schon gut«, sagte der Gerhard und ging zu ihr. Er setzte sich neben sie und nahm ihre Hand in seine. »Kein Grund, sich so aufzuregen.« Da kam gerade der blonde Jüngling herein und sah, wie der Gerhard die Hand seiner Frau hielt. Der blonde junge Mann schaute kurz, dann drehte er sich um und ging wieder hinaus. Der Gerhard lachte und ging ihm nach. Eva blieb erst sitzen und schaute auf den Tisch, dann stand auch sie auf.

Eine junge Frau kam herein. Alle riefen »Despina, Despina« und fragten, ob es ihr gutginge.

Die Frau schaute mich an. Ich sei wohl die, die mit ihr zur Fähre mitfahren solle. Sie sprach Deutsch ohne Akzent, aber sie schaute griechisch aus, mit dunklen Haaren, dunklen Augen und einer olivbraunen Haut. Sie stellte einen großen Korb auf den Küchentisch. Da sei genug Gemüse für die nächsten Tage, aber sie sei ja morgen ohnehin wieder zurück. Alle schwiegen.

Der Korb quoll über von Tomaten und Salat. Und war das Mangold? Gab es so spät im Jahr noch Mangold? Ich kenne mich da nicht aus. Die Sidi weiß das alles ganz genau. Sie hat ja ihr eigenes Gemüse in Churio. Jetzt hilft ihr die junge Sofia damit, weil die alte Sofia nicht mehr so gut gehen kann, und sie will nicht zum Arzt, weil ihr das zu teuer ist. Die alte Sofia hat eine winzige Rente, sie kann sich die Medikamente nicht leisten, und deshalb fährt sie gar nicht mehr zum Arzt. Der Mann von der alten Sofia war bei den Partisanen gewesen, und die alte Sofia hat für die Sidi nur gearbeitet, weil die Sidi eine Wienerin ist. Die Sofia schaut immer noch durch die deutschen Gäste hindurch und redet mit keinem von denen.

Die Touristen kaufen sich ja immer nur ihr eigenes Bild von der Welt, und da sind alle fröhlich, und die angestellten Einheimischen sollen die Fröhlichsten sein. So eine Vergangenheit mit Massenvergewaltigungen und Massakern gibt es in diesem Bild nicht. Aber es geht da um viel Geld. Die Griechen wollen von Deutschland wenigstens die 500 Millionen Mark von einer Zwangsanleihe der deutschen Besatzung damals und dann noch Reparationszahlungen für die Zerstörungen. Da sollte Griechenland 160 Milliarden Euro bekommen. Dann wäre die Geschichte wieder umgedreht, und die alte Sofia würde ihre Medikamente bezahlen können. Aber das wird nicht passieren. Der Marios sagte, dass ein solches Geld sowieso nur in den Taschen der Eliten verschwinden würde oder eigentlich schon dort ist. Man müsse den korrupten Staatsapparat und die verfilzten Banken nicht noch fördern. Das Volk sähe von so einem Geld keinen Cent. Aber die Tatsache, nun wieder von der Deutschen Bank regiert zu werden, das sei demütigend. Die deutsche Regierung oder die EU hätten wenigsten ein eigenes Institut für diesen Zweck gründen können. Aber ihm sei das alles ja recht. Er habe es gern, wenn die Machtverhältnisse so offen auf dem Tisch lägen. Da wüsste man dann ganz sicher, wo die Bomben hinkommen mussten. Aber das meint der Marios nur bildlich.

Despina holte mich aus der Küche hinaus, und ich musste mir dann nichts mehr über den Krieg der Kaffeekapseln anhören. Ich dachte dann, dass es für diese Generation vielleicht wirklich darum ging, endlich eine Maschine erfolgreich selbst betätigen zu können. Die Mami war bei den italienischen Espressomaschinen hängengeblieben. Wir hatten eine von diesen ganz großen silbernen Kannen gehabt. Waren die nicht aus Aluminium? Ich hätte nicht mehr daraus getrunken, aber die Mami hat die gehabt, weil ihre Eltern so eine Kanne gehabt hatten, wie die wiederum jung gewesen waren. Das war in den 60er Jahren gewesen, und schon da war es darum gegangen, einen guten, starken Kaffee zu trinken zu bekommen. Der Kaffee war schon da so eine Markierung für ein besseres Leben gewesen. Die Küche von der Mami ist wie die ganze Wohnung von einer Firma ausgeräumt worden. Man hätte weiter Miete zahlen müssen, und wer hätte das tun sollen? Die Sidi und der Georg, die hatten ihre eigenen Wohnungen, und ich durfte ja nicht bleiben. Die Kaffeekanne ist mit den anderen Sachen weggekommen.

Despina schaute kurz auf meine Umhängtasche und fragte, ob das wirklich alles sei. Ich nickte. Die Freitag-Tasche hatte das Sturmabenteuer gut überstanden, es war innen nichts nass geworden. Das war ein Wunder.

Ich ging noch einmal durch das Wohnzimmer, um mich zu verabschieden, aber es war niemand da. Die Terrasse war auch leer. Ich schaute auf das Meer hinaus, die Palmen waren noch vom Sturm zerzaust, und ich zupfte die Palmwedel zurecht. Sonst erinnerte nichts an das Unwetter. Es war schön auf dieser Terrasse. Es war beneidenswert, so ein Haus zu haben. Ich fragte mich, wie man es in dieser Abgeschiedenheit bauen hatte können. Ich dachte mir aber dann, dass man am Ende wie Strati dasitzen und hinausschauen würde. Vielleicht war das ja auch genug. Mir erschien die Terrasse plötzlich so karg wie der Fels oder das gläsern grüne Meer. Immer nur ein Element. Depression war ja auch so ein einzelnes Gefühl, das sich so ausschließlich machte und so elementar. Ich bin dann gerne von dieser Terrasse durch das Riesenwohnzimmer mit dem Riesenpanoramafenster weggegangen. Ich beneide da niemanden, und ich möchte so nicht leben.

Marios hatte sich immer noch nicht gemeldet, und ich dachte nur darüber nach, was das für Gründe haben könnte. Ich stellte mir aber schon vor, dass wir unseren Kaffee auf die türkisch-griechische Art kochen sollten. Im Kupferkanderl und mit viel Zucker, der Kaffee wird dann dick und ein bisschen süßmehlig.

Ich fragte Despina, ob sie meinen Dank ausrichten könne. Die nickte nur. Wir sollten fahren.

Despina fuhr einen kleinen bleibeigefarbenen Fiat, aber nicht den ganz kleinen, sondern die nächste Größe. Das Auto sah uralt aus und war schrecklich verrostet. Ich stieg ein. Ich schaute aber noch einmal zum Haus zurück. Hinter jeder Fensterscheibe war eine der Personen zu sehen, die da wohnten. Ich winkte zu diesen Gesichtern hinauf, aber niemand winkte oder lächelte. Alle schauten ernst und streng. Es war unheimlich, und ich stieg schnell ein. Warum schauten die so? Warum reagierten die nicht?

Im Wagen saß Despina und hatte den Motor schon gestartet. Sie schaute auch so streng, und ich traute mich nichts zu sagen oder zu fragen. Kurz bezog ich das alles auf mich, aber dann fand ich das lächerlich. Dann wieder fand ich es gar nicht lächerlich und dachte, Despina brächte mich zu den Skippern zurück oder vielleicht doch zur Polizei.

Beim Denken an die Polizei musste ich an Marios denken und wie er mir erklärt hatte, dass es keine Vorstellung eines gemeinsamen Griechenlands für alle Griechen gäbe und dass deshalb die Polizei ohne Kontrolle bestimmen konnte, wen sie als Feind betrachtete und wen nicht. Traditionellerweise wäre das die Linke, und der Einwand, dass das in ganz Europa so ist, den will Marios nicht hören. Ich denke, Leute im Unglück wollen nur über ihr eigenes Unglück sprechen, und das führt dann zu immer weiterem Unglück.

Despina musterte mich dann auch noch so von der Seite. Sie schaute immer wieder und schüttelte ärgerlich den Kopf. Sie machte einen schmalen Mund und wirkte verärgert. Ich konnte nur seufzen.

Despina war schön. Ich finde Despina richtig schön. Sie hat so eines von diesen schmalen Gesichtern, in dem der Mund im Bogen um den Kiefer liegt. Ihre Augen liegen schräg nach oben gezogen unter einer hohen Stirn. Ihre Haut ist hell olivbraun und die Haare schwarzbraun glänzend. Ihre Stimme ist dunkel, und ich hätte gerne mit ihr geredet, aber ich wusste keinen Anfang. Ich wusste ja nicht einmal, wer sie war. Ich wusste nur, dass sie mich zur Fähre bringen sollte. Jedenfalls war das so gesagt worden.

Alles, was ich fragen oder sagen hätte wollen, hätte sie beleidigen können. Ich wollte dann gerade fragen, ob das Gemüse in dem Korb aus ihrem Garten stamme oder ob sie das gekauft habe, da fuhren wir an einer Kapelle vorbei, und Despina bekreuzigte sich. Sie bekreuzigte sich dreimal und fuhr dann an den Straßenrand und hielt an. Sie stieg aus und ging zum Kofferraum nach hinten, wo sie etwas suchte. Ich blieb sitzen. Ich hatte ein böses Gefühl. Despinas Bekreuzigungen hatten mich erschreckt. Sie hatte mit der Hand weit ausgeholt, das Kreuz vor ihrer Brust zu schlagen, und ich war nicht darauf gefasst gewesen.

Despina kam an meine Autotür und machte sie auf. Ich schaute zu ihr hinauf. Sie schaute verstörend unzufrieden auf mich herunter, und da kannte ich mich überhaupt nicht mehr aus. Despina nahm meine Hand, sie zog mich aus dem Auto heraus. Sie war wütend und hielt mir Kleidungsstücke entgegen. Sie sagte, ich solle das anziehen. Es sei ja eine Schande, wie die mich herumlaufen ließen.

Ich stand vor Despina. Sie war nur wenig kleiner als ich, und sie blitzte mich böse an. Diese Frauen seien so kleinlich und wüssten überhaupt nicht, was sich gehört. Die Frauen hätten kofferweise Kleider, sie hätten mir etwas anzuziehen geben sollen. Es sei doch selbstverständlich, Schiffbrüchigen zu helfen.

Ich war so erleichtert, dass Despina nicht mit mir böse war. Meine Bluse sei im Sturm kaputtgegangen, sagte ich. Ja, meinte sie wieder ruhiger. Aber eine von den Frauen hätte mir etwas Ordentliches zum Anziehen geben können. Ich hatte von Gerhard ein T-Shirt an. Das war ausgewaschen und zu groß. Ich stand unschlüssig vor Despina, da zog sie mir das T-Shirt wie einem kleinen Kind über den Kopf. Ob ich nie einen BH trüge, fragte sie und hielt mir ein Unterhemdchen hin. Ich zog das an. Es war wie im Kindergarten. Despina half mir dann auch noch in die Bluse. Sie schaute mir zu, wie ich die Knöpfe zumachte, zog die Bluse an den Schultern zurecht und nickte zufrieden. Sie lächelte vergnügt und sagte, dass man jetzt losfahren könne. Sie verbeugte sich noch kurz in die Richtung der Kapelle und bekreuzigte sich noch einmal.

Ich war schon fast eingestiegen und Despina hatte ihre Autotür schon aufgemacht, da warf sie ihre Tür wieder zu und ging zur Kapelle zurück. Sie setzte sich auf die Stufe vor der Kapelle. Ich ging ihr nach. Ob ich mitbekommen hätte, was los sei, fragte sie. Ob jemand etwas zu mir gesagt habe. Ich setzte mich neben sie und verneinte. Nein, man habe über ein Problem gesprochen, aber ich wüsste nichts Genaues. Despina schüttelte den Kopf und seufzte. Nein, darüber hätten die nicht reden wollen, das könne sie sich sehr gut vorstellen.

Despina beugte sich vor und schob mit ihren Schuhspitzen Erde zusammen. Despina hatte Ballerinas an. Ich starrte auf die Zehen in meinen heruntergekommenen Sandalen. Despina seufzte wieder. Dann drehte sie sich um und starrte in das Kapellchen hinter sich. Da war aber nichts drinnen, nur oben auf dem Giebel vorne stand noch so ein Kreuz mit dem doppelten Balken.

Despina schüttelte den Kopf und stand auf. Es habe ja doch alles keinen Sinn, sagte sie. Wir stiegen wieder in das Auto und fuhren weiter.

Die Straße war nicht befestigt. Wir zogen eine Staubwolke hinter uns her, obwohl Despina langsam fuhr. Sie musterte mich immer wieder von der Seite und nickte dann. Sie schien zufrieden zu sein, und ich war dankbar. Es fühlte sich besser an, dieses Hemdchen und die Bluse anzuhaben als das ausgewaschene rote T-Shirt, obwohl ich auch dafür dankbar gewesen war.

Dann traute ich mich endlich, Despina zu fragen, ob sie eine Griechin sie. Despina schaute mich kurz an, dann sah sie wieder nach vorne auf die Straße. Im Augenblick gehöre sie nirgends hin, sagte sie dann. Im Augenblick sei sie ihre eigene Nation.

»Ich fahre nach Santorini, um eine Abtreibung machen zu lassen.«

Ich saß erstarrt da. »Muss das denn sein?«, fragte ich dann und kam mir gleich sehr dumm vor. Sie hatte sich das ja sicherlich lange überlegt. »Ich bin nicht die Leihmutter für die da«, sagte Despina. »Verstehst du? Niemand hat das vorgehabt.«

Ich konnte nur mit den Achseln zucken. »Ich hätte auch abgetrieben werden sollen. Wenn es nach meinem Vater gegangen wäre, dann wäre ich heute nicht da.« Ich sagte das ganz leise und wollte noch weiterreden, aber Despina machte eine wegschiebende Handbewegung. Das könne man über fast jede Person sagen, sagte sie. Jede schwangere Frau überlege sich doch, ob sie sich da nicht herauswinden solle. Dazu konnte ich nichts sagen. Ich hatte mir das noch nie überlegt. »Sie haben sicher lange überlegt«, murmelte ich dann, und Despina fuhr mich an: Ja, das habe sie. Das sei ganz allein ihre Entscheidung, und überhaupt wäre das hierzulande ohnehin üblich. In Griechenland gäbe es die meisten Abtreibungen von ganz Europa, also wäre das nicht so eine große Sache. Sie teile das Schicksal von Tausenden von Frauen, und wenn es nur darum ginge, mit einem Mann ein Kind zu haben, dann wäre das ja auch ganz einfach. Aber mit einem Mann, der auch mit Männern rummacht, das könne auf die Dauer nicht gutgehen. Sie könne sich das jedenfalls nicht vorstellen und wolle nicht die Leihmutter für alle diese Leute da sein. Von denen hatte ja keiner ein Kind.

Ich überlegte, wen sie meinen konnte. Den Gerhard. Hatte der Gerhard mit der Despina? Der blonde Jüngling? Nein. Despina und der, das war nicht vorstellbar. Aber auch Gerhard und Despina konnte ich mir nicht vorstellen.

»Scheiße! Scheiße! Scheiße!« Despina schlug mit der Hand immer wieder gegen das Lenkrad. Sie wolle das nicht, rief sie. Warum müsse ihr das passieren. Dazu sei sie nicht von Dortmund hierher zurückgegangen. Sie sei nämlich eine Dortmunderin und dort aufgewachsen, und als es dann da auch keine Aussichten gegeben habe, hatte sie wenigstens im schöneren Klima leben wollen. Sie hatte gedacht, sie gehöre hierher in die Heimat ihrer Mutter, aber dann lief hier alles schief. Mit den allerneuesten Immobiliensteuern und den Pfändungen müsse sie fürchten, sich das Häuschen nicht mehr leisten zu können. Sie hätten gehofft, dass der Geißer und der Schneider ihnen noch mehr Grund abkaufen würden, dann hätten sie und ihre Mutter eine kleine Wohnung in Athen gesucht. In Athen gab es gerade günstige Wohnungen, aber sie habe nie das Geld zur richtigen Zeit. Die Deutschen verdienten auch nicht mehr so viel, weil an den Theatern auch das Sparen ausgebrochen wäre, und die hätten ihre Pläne auch einschränken müssen. »Aber auf hohem Niveau! Aber auf hohem Niveau!«, sagte sie und fügte mit trotziger Stimme hinzu, dass sie es mit dem Minas ohnehin nicht ernst gemeint habe. Das wäre nur so, halt so eine Story gewesen.

Und warum sie mir das nun erzähle, sagte Despina und fuhr dahin. Warum sollte mich das überhaupt interessieren? Ich führe nach Athen, und was sollte mich das Leben auf einer kleinen griechischen Insel interessieren. Despina klang bitter.

»Man kann kein Kind bekommen. Die Zeiten sind zu unsicher«, sagte Despina dann wieder. Ich meinte darauf, dass meine Großmutter diesen Spruch habe: »Kommt ein Haserl, gibt's ein Graserl«, sage die und dass man doch nie wüsste, wie die Zukunft aussehen würde. Es müsste doch besser werden. Irgendwann müsste doch ein Aufschwung kommen.

Das war das Gegenteil von dem, was der Marios meinte. Der Marios sagte, dass Griechenland das Modell für das Armutsmanagement für ganz Europa werden solle. An Griechenland solle vorgeführt werden, wie weit man in der Unterdrückung gehen könne, bevor eine Revolution ausbräche, und deshalb sei die Polizei so wichtig. Die Polizei müsse der Garant für dieses Projekt sein, und deshalb wäre die Polizei selber unter ungeheurem Druck. Eine Unterdrückungsbalance wäre das, und deshalb müsse der Druck auf die Polizei von außen massiv erhöht werden. Damit könne man das Ganze aus dem Gleichgewicht bringen. Irgendwann müsste auch der passivste Bürger begreifen, dass es um sein Leben ging.

»Kann man es zulassen, dass diese Umstände so eine Rolle spielen und eine manipulieren?«, fragte ich. »Manipulieren! Manipulieren!«, rief Despina. Man wisse doch gar nicht mehr, was alles auf einen einwirke oder woher das käme. Wenn es immer nur schlechter würde und jeden Tag eine neue Verschlechterung verkündet würde, dann wisse man bald gar nichts mehr. Wenn man jede Bewegungsfreiheit verlöre und nur noch mit dem Durchrechnen der Möglichkeiten beschäftigt war und kein Ausweg zu finden sei, dann bliebe nichts.

»Aber das ist gar nicht der Grund«, sagte sie dann und wurde sehr ernst. Sie könne sich nicht in diese Situation festnageln lassen. Sie wäre mit dem Kind immer von diesen Personen abhängig, und sie wolle ein Kind in Freiheit haben. Sie käme sich als das Kindermädchen ihres eigenen Kinds vor, wenn sie auf die Vorschläge von dem Geißler eingegangen wäre. Niemand habe ihr angeboten, ihr zu helfen.

Alle wollten für das Kind sorgen und dafür ihren Anteil an dem Kind kassieren. In den Angeboten vom Geißler und vom Minas war sie nur als Brutkasten vorgekommen und nie als Person. Und dann könne sie das alles nicht ohne Liebe. Aber sie würde das Kind doch lieben, sagte ich. Das käme doch ganz sicher und von allein. Aber nein, sagte Despina. Sie müsse den Mann lieben, mit dem sie das Kind haben wollte, und das wäre hier nicht der Fall.

Danach redeten wir nicht mehr viel.

Wir waren schon an Häusern vorbeigefahren. Dann war wieder das Meer zu sehen. Über eine kurvige Straße ging es in einen Ort hinunter. Despina stellte das Auto hinter einem Supermarkt ab, und wir gingen bergab zum Hafen.

Ich hätte Despina bestürmen mögen, das Kind zu behalten. Ich war plötzlich sehr verzweifelt für dieses Kind. Despina war wieder ganz ruhig und gelassen, sie ging mir voraus. Ich hätte gerne gefragt, was der Vater dazu sagte, aber ich traute mich nicht. Despina schien auch nicht mehr erreichbar zu sein. Das Gespräch war beendet, und sie schien in sich gekehrt.

Despina sagte mir, wie wir gehen mussten, und wir konnten gleich auf die Fähre gehen. Man löste das Ticket auf der Fähre. Ich ging auf das Oberdeck und setzte mich auf eine der weißen Bänke da. Despina setzte sich in die Kabine.

Ich hätte mich gerne zu ihr gesetzt und mit ihr geredet. Aber ich dachte dann, dass sie mir das alles gesagt hatte, damit sie sich selbst überzeugte, dass sie das Richtige tat, und ich wollte in ihrer Entscheidung keine Rolle spielen. Es macht mich immer noch ein bisschen schwindlig, wenn ich daran denken muss, dass es mich vielleicht nicht geben könnte.

# Epsilon

**Die Fähre rauschte ab.** Ich blieb auf dem Oberdeck im Freien sitzen. Es war nicht so warm, und ich zog das alte T-Shirt von Gerhard über Despinas geblümte Baumwollbluse an. Die Luft war wunderbar frisch und klar, und das Meer lag hell und glitzernd rund um uns.

Ich hatte Sorgen gehabt, im Hafen auf die Skipper zu treffen, aber die Fähre fuhr von einer ganz anderen Stelle auf der Insel ab. Mit Despina an der Seite hätten sie auch nicht viel machen können, auch wenn sie mich entdeckt hätten. Diese zwei Männer fielen mir immer wieder ein, während ich eigentlich an Marios denken wollte. Ich wollte besonders intensiv an ihn und an uns denken, um das elende Gefühl im Bauch wegzubekommen. Das war wie Prüfungsangst, und ich wollte keine dunklen Ahnungen herumtragen.

Marios hatte sich noch immer nicht gemeldet, aber er war mir sehr nah. Das kam von dem vielen Erzählen über ihn beim Frühstück und weil die Frauen da zugehört hatten. Jetzt, auf der Fähre, war alles wieder weit weg und undurchsichtig, und ich hätte diese kleine Fähre anschieben mögen, um so schnell wie möglich zur großen Fähre von Santorini nach Athen zu kommen, damit wenigstens kein Meer mehr zwischen uns war.

Marios hatte natürlich viele gute Gründe, nicht erreichbar zu sein. Marios konnte nach der Demonstration untergetaucht sein. Die Demonstranten wurden ja gefilmt, und während die Polizei mit ihren Visieren und der body armour vollkommen anonymisiert sind, können die Demonstranten über ihr Bild ausfindig gemacht werden. Das ist überall so. Die Demonstranten banden sich die Schals über Mund und Nase, aber es blieben genug Indizien, jemanden zu identifizieren. Ich wäre an meinem weiß und blau gemusterten Schal erkennbar gewesen. Anarchisten trügen keine Uniformen, hatte Marios gesagt, als ich einen Einheitsschal vorgeschlagen hatte, und das ist ja richtig. Die Welt würde in diesen erbsigen Einheitsfarben versinken, wenn alle sich gleich in den gleichen Situationen anzögen. Jedenfalls würde dann offenkundig, wie sehr wir alle Soldaten sind. Trotzdem hat sich bei den Demonstranten in Athen durchgesetzt, eine Atemmaske aus dem Baumarkt aufzusetzen.

Marios konnte eine Zeitlang zu einem seiner Freunde gegangen sein, um seine Eltern nicht zu belasten und sich in Ruhe zu erholen. Wenn man in die vorderen Reihen bei einer Demo gerät, dann kann einen so ein Schlagstock schnell erwischen. Die Polizisten gehen auf die Demonstranten zu, halten ihre Plexiglasschilder hoch und dreschen auf die Menschen vor sich ein. Durch das Plexiglas können die sehen, was sie tun, und weit hinter den Polizeilinien steht ein

Kranwagen mit so einem Korb oben. Von da oben aus wird alles auf Video aufgenommen und in den Prozessen gegen die Demonstranten verwendet. Diese Art der Dokumentation wäre das Endergebnis aus dem Christlich-Orthodoxen, sagte Mario. Der Gott, der alles sieht und hört und alles weiß. Dieser Gott ist der geheime Präsident der Geheimpolizei und verfolgt die kleinste Abweichung. Marios sagte, dass es auf beiden Seiten Stars gäbe, Demonstrationsgladiatoren und Polizeihelden und tiefe persönliche Feindschaften. Die Polizei spekuliere in langen Sitzungen darüber, wer da gegen sie auftreten und wer die Regie übernehmen würde, und das alles fände in einem Skript von einer Paranoia statt, die eigentlich den Demonstranten zustünde. Aber so ist ja die ganze Welt, und alle müssen sich die Frage stellen, wer die Regie führt. Jedenfalls hätte der Marios es kindisch von mir gefunden, wenn ich in Panik verfallen wäre und jemanden alarmiert hätte. Zur Polizei konnte ich ja schwer gehen und eine Vermisstenanzeige aufgeben. Marios hätte seine dunklen Augenbrauen hochgezogen und die Lippen zusammengepresst.

Ich hatte mich wieder so gesetzt, dass ich nach hinten hinausschaute. Das ist wahrscheinlich noch ein Rest von meiner Trauerarbeit. Ich schaue mehr auf das, was gewesen ist, statt mich in die Zukunft zu werfen. Aber als Zukunft gibt es höchstens eine Red-Bull-Werbung oder Head & Shoulders, und am schönsten ist es, wenn Banken damit werben, dass mit einem Konto bei dieser Bank jede Freiheit möglich wird, und dazu turnt dann ein urban jumper als Kommentar zur Freiheit durch die Stadt. Dass die Person vorher einen Job haben muss und ein Geld auf dieses Konto kommen muss, das bleibt ungesagt. Und wie kommt das urban jumping da dazu? Dabei wäre das ja ohnehin ein gutes Modell. Jeder und jede bekommt ein monatliches Guthaben ausgezahlt, und alle können machen, was sie wollen. Der Staat wird zu einer Art Sparkasse und kann damit sogar noch eine Funktion retten. Es geht allen nicht so schlecht, und die Lebensentscheidungen müssen nicht der Enge gehorchen, die der Staat im Auftrag so einer Troika produziert.

Die Fähre zog eine breite Spur durch das Wasser. Am Horizont tauchten Inseln auf und andere Schiffe. Die gestrige Fahrt hatte durch ein einsameres Meer geführt. Wir waren da nur an dieser Piratenburg vorbeigekommen, aber vielleicht war das auch eine Kreuzritterburg gewesen. Ich konnte mich auch nicht erinnern, irgendwelche anderen Schiffe gesehen zu haben. Es war aber beruhigend zu sehen, dass andere auch auf diesem Meer unterwegs waren.

Ich war dann froh, diesem Peter Schneider nichts von der Mami gesagt zu haben. Am Ende hatte die Mami ihn ohnehin nicht mehr so gerne gesehen. Der Peter Schneider war zum Abendessen gekommen und hatte von den Theaterstücken von der Mami geschwärmt und gesagt, wie wichtig die seien und dass er unbedingt wieder eines inszenieren wolle. Aber dann ist nie etwas daraus geworden, und er hat gesagt, er müsse den Umständen gehorchen. Er hat dann *Charleys*

*Tante* in Berlin auf die Bühne gebracht, und die Mami hat nicht mehr abgehoben, wenn er anrufen wollte. Sie hat ihn nicht mehr ernst genommen und gesagt, dass diese Art von Gesprächen Zeitverschwendung sei. Die Mami hat nie nur so ein bisschen dagegen sein wollen und das dann Kunst nennen, aber die Mami hat schon dieses Wort nicht anerkennen wollen. Kunst hat es für sie nicht gegeben, sie hat sich andere Ergebnisse vorgestellt, und sie hat sicher nie den Umständen gehorcht.

Ich kenne Gehorsam nicht, jedenfalls nicht für mich selber. Die Mami ist von ihrem Vater noch geschlagen worden, damit sie gehorcht, und sie hat immer damit kämpfen müssen, dass man ihr den Gehorsam als den richtigeren Weg eingebläut hatte. Für ihre Kinder hat sie sich etwas anderes gewünscht, und ich bin nie zu etwas gezwungen worden. Aber deshalb finde ich es besonders schrecklich, wenn Leuten dieser Gehorsam so indirekt aufgezwungen wird. Was soll der Sinn des Lebens sein, wenn man nur noch im Mangel lebt? Ich hätte schon längst losgeschlagen. Die Menschen werden langsam in klebrige Spinnfäden eingesponnen, bis alle bewegungslos in ihren Waben stehen. Das ist aber überall so. Ein Staat will ein Bienenstock sein.

Es waren nicht viele Leute auf dem Oberdeck im Freien. Es waren überhaupt nicht so viele Passagiere auf der Fähre. Es fuhren viele Griechen und Griechinnen, und die setzten sich alle in die Kabine unten. Die Sommersaison war zu Ende, und es waren nur noch so Leute wie diese Eva unterwegs. Leute, die sich nicht an Schulferienzeiten halten mussten und Geld hatten. Wieder hätte ich gerne verstanden, was da um mich auf Griechisch geredet wurde. Ich musste diese Sprache endlich lernen, obwohl es auch angenehm war, in diesem Lautegewirr zu sitzen und überhaupt nichts zu wissen. Ich konnte auch ganz einfach in Athen bleiben. Wozu sollte man studieren. Warum sollte ich mir die Texte geben, die schon bis jetzt zu nichts als einer grauenhaften Welt geführt haben?

In solchen Augenblicken, wenn ich so stumm bleiben muss, weil es niemanden gibt, mit dem ich in einem Einverständnis reden könnte, dann geht mir die Mami wieder von neuem ab. Und irgendwann werde ich auch lesen, was sie geschrieben hat. Jetzt möchte ich davon nichts sehen. Ich sollte mit ihr diese Gespräche führen können. Die Mami könnte ja den klügsten Satz geschrieben haben, und ich müsste ihn doch in Frage stellen, denn wenn ich nicht reden kann, dann finde ich ja aus meinem Widerstand so schwer heraus. Ich möchte nicht in diese winzigen Oppositionen gegen unwichtige Dinge geraten. Ich muss ja für mich alleine sorgen und habe deshalb keine Zeit für solche Umwege, die außerdem ohnehin wieder in den vorgeschriebenen Gehorsam münden sollen.

Ich bin mit der Schule dann rasch fertig geworden. Es hat aber doch ein Jahr gedauert, bis ich wieder beginnen konnte, und in Kaiserbad blieb auch nichts anderes übrig, als das alles zu begreifen. Ich bin ja nicht in dieser sadistischen Welt groß geworden und war immer nur erstaunt über alles. Die da konnten mich verletzen, aber sie konnten mir nicht schaden. Da hat die Mami vorgebaut gehabt.

Ich erinnere mich am besten an die Stimme von der Mami, und es ist gut, dass es Videos und Tonaufnahmen gibt. Da muss ich mir keine Sorgen machen, dass ich ihre Stimme vergessen könnte. Ich liebe auch Marios' Stimme. Er hat so eine helle, sanfte Stimme ohne jede Drohung.

Ich schaute zurück. Die Insel war schon längst nicht mehr zu sehen. Wer von den Männern in diesem Haus war wohl der Vater von Despinas Kind, das in zwei oder drei Stunden nicht mehr leben würde? Der Termin von der Despina war ja für den frühen Nachmittag ausgemacht. In der Sonne und dem Wind und dem Meer rundum war das alles aber auch gleichgültig, und es war nur das Fahren wichtig. Dann fiel mir ein, dass Marios auf dem Weg nach Churio sein könnte, weil er glaubte, mich dort zu finden, und ich bekam einen riesigen Schreck. Aber Marios wusste ja, dass ich nach Athen kommen wollte. Warum nur hatte er nicht angerufen. Vielleicht musste er noch mehr achtgeben, weil er mein iPhone vom Festnetz seiner Eltern angerufen hatte, und wenn das Festnetz seiner Eltern überwacht war, dann war meine Nummer mit drinnen, und die würden dann wieder mich überwachen. Ich musste mir auch ein Prepaid besorgen, das nicht nachverfolgbar war, so wie es die meisten hier verwendeten, obwohl das alles sehr teuer war. Wenn man anonym bleiben wollte, dann war das sehr teuer.

Wenn wir einander gefunden hatten, dann sollten wir überhaupt alles verlassen und nur noch heimlichen Kontakt miteinander haben. Heimliche Telefonate. Heimliche Treffen. Heimliche Nächte. Wir sollten andere Namen annehmen und aus der Welt verschwinden. Eine noch heimlichere Welt, in der man endlich geborgen wäre. Ich war froh, diesen Frauen beim Frühstück nicht so richtig alles erzählt zu haben. Ich fand es plötzlich ein bisschen ekelhaft, dass die von Marios und mir wussten. Hatte ich mich angebiedert? Einen Augenblick war es mir jedenfalls angenehm gewesen, von der Frau aus Köln verteidigt zu werden. Dabei war ich der wieder ohnehin nur nützlich gewesen. Die hatte mich benutzt, diese Eva zu ärgern und der vorzuführen, dass man der Jugend gegenüber großzügig sein konnte. Aber die Kölnerin musste ihren Mann ja nicht mit einem blonden Jüngling teilen. Die lebten da alle in diesem Salat von Sex und Interessenskonflikten, und offenkundig hatten auch da die Männer das Geld und das Haus und die tollen Jobs, und die Frauen saßen irgendwie dabei. Das hätte die Mami nie mitgemacht.

Mittlerweile saß ich fast alleine auf dem Oberdeck. Ich stellte mich an die Reling und setzte mich dann auf einen ganz anderen Platz. Ich wanderte so herum. Ich fand es dann doch seltsam, dass dieser Peter Schneider mich gar nicht erkannt hatte. Sah ich so anders aus? Er war oft zu Besuch gewesen. Da war ich zehn Jahre alt. Nein, da war ich dann schon vierzehn gewesen, und ich sehe heute nicht anders aus als damals. Ich bin natürlich größer geworden, sonst habe ich mich nicht so sehr verändert. Aber die meisten Leute schauen Kinder nie so genau an.

Wir fuhren dahin, und mir wurde doch langweilig. Ich wünschte mir, ich wäre bei Despina geblieben und wir könnten reden. Aber die wollte sicher allein bleiben und sich das alles überlegen. Ich stellte mir vor, ich selber wäre auf dem Weg zu einer Abtreibung, aber ich konnte nichts fühlen. Was sollte eine Frau auch fühlen, wenn so eine Schwangerschaft sich nur auf einem Teststreifen zeigte und sie selbst das noch gar nicht wissen konnte. Ich dachte mir, dass ich vielleicht auch gar keine Kinder haben wollte, dann wieder stellte ich mir das sehr schön vor mit Kindern.

Dann war ich doch froh, im Freien geblieben zu sein. Ich schaute nach vorne hinaus und wünschte mich nach Athen. Ich wollte nicht mit den Problemen von Despina beschäftigt sein. Ich wollte mich auf Marios konzentrieren und wie ich ihn finden konnte. Despinas Problem machte mich unruhig und noch nervöser, und ich verbot mir, über Kinder nachzudenken. Ich dachte dann aber wieder an diese Gesichter hinter den Fenstern des Hauses und wie sie alle Despina bei ihrer Abfahrt nachgeschaut hatten. Warum war niemand mitgekommen. Warum war niemand aus dem Haus gelaufen und hatte Despina zugesichert, ihr immer beizustehen. Das wäre doch eine Szene für eine Oper gewesen. Es geht ums Leben und die Macht darüber, und es sind viele Stimmlagen involviert. Das wäre doch die Gelegenheit für eine große Arie gewesen. Diese Männer, die arbeiteten doch alle in der Oper, und eine heutige Arie müsste von den Alimenten handeln und wie es um die Krankenversicherung und die Pension steht. Es müsste ja nur alles vorhanden sein, was früher die Liebe eines Fürsten bewerkstelligt hatte und die Heldin am Leben ließ und sie ernährte. Und weil in der Oper am Ende eine Frau tot daliegen muss, deshalb hätte man den Fötus besingen können.

Die hatten aber alle nur herausgeschaut. Die waren hinter den Glasscheiben geblieben. Die Deutschen hatten auf die Griechin aus dem Haus hinuntergeschaut, wie sie ganz allein ihr Urteil vollstreckt. Ich hatte später erst erfahren, dass Despina einen deutschen Vater hat und dass die Zugehörigkeiten noch viel verwickelter waren.

Ich wusste das alles natürlich nicht wirklich. Vielleicht hatten die tagelang mit Despina gerungen, und es ging um die freie Entscheidung von Despina. Mir würde das jedenfalls nicht passieren. Das Haus war wie aus einem Film der 70er Jahre, und es ging um die Macht und wer mit wem, und am Ende ist eine Frau dann zerstört, und alle gehen aus dem Haus davon. Dabei waren die alle alt und hätten wissen sollen, was wichtig ist. Aber die wollten Sex im Süden und das gute Essen dazu. Die wollten kein schönes Leben, die wollten einen schönen Urlaub, und dann gingen sie alle zu ihren Schlächterjobs zurück. Bei uns war das Wort »Urlaub« verboten gewesen, wir hatten Ferien gehabt, und die Mami hat sowieso immer gearbeitet.

»Follie!«, fiel mir ein. »Follie!« Das kam vom Denken an die Oper, und ich summte vor mich hin. »Follie!« Die Arie der Violetta im ersten Akt. Mir war langweilig. Ich musste mir mit aller Kraft vorstellen, dass ich nach Athen kommen würde. Dieses Dahinfahren löste alle Dringlichkeiten auf. Es war irgendwie unvorstellbar, dass man inmitten dieses Lichtergejubels von Meer und Sonne Krieg führen konnte. Die Nato-Schiffe üben das ja immer noch, und ich wünschte, man könnte den Soldaten irgendeinen Text zur Ablenkung in die Hand drücken. Die Poesie hat ja eher den Tätern genützt, wenn sie die Goethe-Gedichte nach einem Judenmassaker am Abend lasen. Aber die lasen das eben in diesem Gehorsam, und dann ist alles gehorsamsgefärbt. Ich wollte, man könnte diese Farbe aus der Welt hinauswaschen. Dann wären alle nackt und müssten ihre Armut erkennen. Erst dann könnten sie ihr Leben retten. Sie müssten ihr Leben ernst nehmen. Ich jedenfalls will nicht in diese Armut, die ich gar nicht sehen darf, eingereiht werden. Ich weiß, dass ich es anders haben will und dass ich das selber machen muss. Der Marios sieht das genauso und viele andere sicher auch. Wahrscheinlich sehen das die meisten genauso und können sich nur aus ihrer Folgsamkeit nicht herausschälen und müssen dann die Verantwortung für die Verbrechen der Täter auslöffeln.

Zuerst fiel mir das fehlende Geräusch auf. Einen Augenblick lang war das schön. Die Stimmen der anderen Leute auf dem Oberdeck waren plötzlich klar zu verstehen. Es war ein heiterer Moment. Das Schiff rutschte so leicht auf dem Wasser dahin und grub sich nicht mehr in die Wassermassen hinein. Der Fahrtwind verschwand, und das Glitzern des Meeres umfing uns. Dann fuhr das Schiff gar nicht mehr, und es begann ein Gewackel und Geschaukel in alle Richtungen und ein Gestoße, man musste sich festhalten.

Alle Leute sahen sich um und fragten, was da los sei. Dann waren Rufe zu hören, und es wurde laut. Es kam eine Durchsage, aber die war auf Griechisch. Alle Leute, die auf dem Oberdeck waren, standen auf, und einige stiegen hinunter.

Ich blieb sitzen. Was war los? Dann fielen mir die Bilder von Fährunglücken ein. Ich lief auch hinunter und fragte auf Englisch und auf Deutsch, was denn los sei. »Breakdown« und »accident« wurde gesagt. Alle redeten sehr laut und durcheinander. Kinder weinten. Ausrufe waren zu hören.

Wieder gab es eine Durchsage. Alle schrien »Fsssscht«, weil über dem Lärm nichts zu verstehen war. Dann waren die meisten still, und die Durchsage wurde wiederholt. Nach der Durchsage begann ein aufgeregtes Gerede, das bald zu einem wüsten Geschimpfe wurde. Ein paar Männer wollten zum Kapitän in die Kanzel hinauf, und das hatte ich auch machen wollen. Die Männer hatten ihre Hände zu Fäusten geballt und warfen sich gegen die verschlossene Tür zur Stiege hinauf. Zwei Männer in der weißblauen Uniform der Fährlinie standen hinter der Tür und schauten den Männern dabei zu, wie sie sich gegen die Tür warfen. Ein Mann mit einer weißen Uniformkappe mit Goldkordeln rundherum kam zu diesen Männern herunter und sagte etwas. Eine Frau drängte sich an die Tür und schlug schreiend mit ihren Fäusten gegen das Glas. Der Mann mit der Goldkordelmütze machte eine fürsorgliche Handbewegung und sagte etwas hinter dem Glas, aber die beiden anderen Männer stellten sich zwischen ihn und die Tür, und ich konnte ihn nicht mehr sehen. Das war der Kapitän gewesen. Er hatte ausgesehen, wie ein Kapitän aussehen sollte. Groß, breitschultrig, braungebrannt und zuverlässig.

Ich stand nahe an der Tür, weil ich gerade erst die Seitentreppe zum Oberdeck heruntergekommen war, aber ich wollte dann wieder hinauf. Ich wollte nicht in dieser Kabine absaufen. Dann lieber allein ertrinken, dachte ich, und da stand dann Despina neben mir und sagte auch, wir sollten hinaufgehen. Hier wären alle aufgeregt und zornig, und es braue sich eine Revolte zusammen. Außerdem seien die Rettungsboote oben. Dann gab es wieder eine Durchsage, und plötzlich lachten alle und schlugen einander auf die Schultern und konnten sich gar nicht halten vor Vergnügen. Was denn so lustig sei, fragte ich, und Despina zog mich hinauf. Es sei gesagt worden, dass die Schwimmwesten verschwunden seien. Man hatte die Schwimmwesten verteilen wollen, und da hätte sich herausgestellt, dass sie verschwunden sind. Warum dann gelacht würde, fragte ich. Das wäre doch ein Skandal. Ja, sagte Despina. Genau deshalb hatten alle gelacht, weil man das ja erwarten hätte müssen. Irgendjemand hatte diese Schwimmwesten ganz einfach verkauft, und so wie das liefe ja alles in diesem Land ab, und man könne nur mehr lachen. So habe die Feuerwehr wegen der Sparmaßnahmen kein Geld für Benzin, und was solle man da schon machen als lachen.

Wir setzten uns auf dem Oberdeck auf eine der weißen Bänke in der Mitte und schauten nach vorne. »Wo sind wir denn überhaupt?«, fragte ich. Am Horizont weit vorne war Land zu sehen, aber da kamen gerade alle Passagiere auf das Oberdeck herauf. Kinderwägen wurden herauftransportiert und Koffer. Sie waren aus der Kabine hinausgedrängt worden, und man konnte hören, dass nicht alle sich so einfach hinausschieben lassen wollten. Das Schreien war lauter geworden, und Jammerausrufe mischten sich unter die wütenden Rufe.

Despina fragte die Heraufkommenden, was los sei. Eine Frau antwortete ihr. Es gab einen Maschinenschaden und, um in Ruhe an der Reparatur arbeiten zu können, habe man das Unterdeck geräumt. Wir mussten dann aufstehen und Platz machen. Es waren so viele ältere Personen und Familien mit Kindern da, dass wir uns an die Reling stellen mussten.

Eine Gruppe von Männern stand an der Stiege rechts herauf, und es wurde etwas besprochen. Despina wandte sich dem Meer zu und beugte sich über die Reling. Ob es denn eine Küstenwache gäbe oder ein Militär, die uns zu Hilfe kommen könnten. Griechenland gibt doch so viel Geld für sein Militär und die Flotte aus. Da sollte es doch möglich sein, eine Rettungsaktion durchzuführen. Ach, sagte Despina. Griechenland sei zwar an der dritten Stelle der Militärausgaben weltweit, aber wahrscheinlich würde man herausfinden, dass jemand auch diese Schiffe verkauft hatte, um seinen Lebensstil zu finanzieren. Darum ginge es doch immer. Um die Finanzierung eines Lebensstils. In der Anzahl der Generäle läge Griechenland sogar an erster Stelle, und einer von denen hatte sicherlich den dringenden Bedarf nach einer Villa auf einer Insel, und dafür wäre dann gerade das Schiff verschachert worden, das uns retten hätte sollen.

Die Männer an der Stiege drängelten sich laut rufend zum unteren Deck hinunter. Eine Durchsage war zu hören. Despina lächelte bitter. Ruhe bewahren, war gesagt worden, und man solle Verständnis für die Situation haben. Der Kapitän tue alles, um das Problem zu lösen. »Wahrscheinlich sind auch die Ersatzteile verschwunden«, sagte Despina und schloss die Augen.

Ich sagte nichts, aber ich dachte auch gleich daran, und Despina antwortete ohne meine Frage. »Ja. Heute kann ich das nicht mehr machen lassen.« Wir schwiegen lange. Ich stand da und sagte mir vor, dass ich mit dieser Sache nichts zu tun habe. Ich hätte gerne gehört, dass Despina es sich anders überlegt hätte, aber das kam aus meinem Leben.

Dann fragte ich Despina, wie weit sie schwimmen könne. Despina schaute hinaus. »Nicht weit genug«, sagte sie dann.

»Und was würde das bedeuten?«, fragte sie, und wir sagten wieder nichts. Aber es war klar. Sie würde sich und das Kind retten, und wie konnte das dann weitergehen? Ich wollte schon sagen, dass alles auch nach Katastrophen ziemlich normal weitergeht und dass die Folgen erst so viel später herauskommen, aber dann dachte ich lieber nach, ob ich selbst so weit schwimmen konnte. Ich schwimme eigentlich gerne, aber bis zu diesem Land am Horizont, da würde ich nicht hinkommen. Aber gleich hatte ich wieder das Gefühl, nun selber schuld an meinem Schicksal zu sein, weil ich nicht so weit schwimmen konnte. Woher kommt das immer. Als müsste ich eine Superheldin sein und alles überwinden können, hatte ich das unbestimmte Gefühl, mich da retten können zu müssen. In Wirklichkeit hatte aber doch diese Fährgesellschaft ihren Job nicht ordentlich gemacht. Jedenfalls hatten sie mir ein Ticket dafür verkauft, dass ich wohlbehalten nach Santorini komme. Dafür hatten alle auf dieser Fähre ihr Ticket gekauft, und alle hatten denselben Vertrag geschlossen. Warum wurde das nicht eingehalten?

Es wurde wieder etwas über die Lautsprecher verkündet. Man könne wieder in die Kabine. Es gab einen Tumult, und Leute stürzten wieder von unten herauf. Es gab Stürze und Geschrei und Getrampel. Es stellte sich heraus, dass die Männer, die so entschlossen nach unten gezogen waren, um den Kapitän zur Rede zu stellen, mit einer Kiste Bier beruhigt worden waren. Dann war das Büfett gestürmt worden, und es war nichts mehr zu haben. Die Männer, die sich zusammengerottet hatten, saßen mit der Kiste Bier an der Wand zur Kabine und behinderten die, die in die Kabine gehen wollten. Despina war gegangen, um nachzuschauen, und berichtete.

Despina kam an die Reling zurück, und wir fanden beide, dass es besser war, stehend unterzugehen und nicht sitzend. Ich überlegte die ganze Zeit, was man da machen konnte. Die große Gefahr schien ja der Sog eines untergehenden Schiffs zu sein. Wie entkam man diesem Sog?

Despina ging wieder nach unten, und ich überlegte weiter. Wahrscheinlich musste man lange vor dem Absinken ins Wasser springen. Ohne Schwimmweste war man da aber ohnehin gleich verloren. Die Rettungsboote waren winzig, und die würden gestürmt werden wie das Büfett. Da hatte ich überhaupt keine Chance. Man musste an Bord bleiben und abwarten, um den richtigen Zeitpunkt zu erwischen. »Erwischen« fand ich da ein sehr richtiges Wort. Wie sollte ich genau wissen, wann es richtig war? Wann ist der richtige Zeitpunkt zu flüchten? Ich musste also hier stehen bleiben und das Schicksal abwarten, das irgendein korrupter Angestellter dieser Fährlinie für mich vorgesehen hatte. Das musste dem Schwimmwestendieb ja klar gewesen sein, dass er die Überlebenschancen von sehr vielen Menschen geklaut hatte. Musste man in Zukunft eine eigene Schwimmweste mitbringen, um sicherzugehen? War das dann so wie die Jause im Flugzeug? Als Vegetarierin bringe ich ja immer mein eigenes Essen mit, aber mittlerweile packen alle im Flugzeug irgendwelche Fastfood-Sachen aus und essen das. Es ist wie früher in der Bahn, wo alle sofort nach dem Einsteigen ihr hartgekochtes Ei aufgeschlagen und mit der Anfahrt des Zugs zu essen begonnen hatten. Auf den Schulausflügen war das so gewesen, und das war ja alles okay, aber man musste es rechtzeitig wissen können.

Despina kam wieder zurück. Sie hatte ihre Reisetasche dabei. Das Schiff sei so weit in Ordnung, sagte sie. Es wäre nur der Motor, und man sollte das richten können. Ich schaute sie skeptisch an. Ja, sagte sie. Ein Sturm wie gestern Nachmittag, das wäre nicht gut für uns, es gäbe aber heute keine Sturmwarnung wie gestern. Bis dahin, Despina machte eine weit auslandende Handbewegung. Bis dahin habe man ja Platz genug. Rundherum wurde geredet, und alle sprachen mit allen. Despina wollte mich beruhigen und sagte, dass wir nicht ertrinken würden. Jetzt sei nur die fehlende Elektrizität das Problem, weil das Notaggregat zu schwach sei. Deshalb wäre das Büfett ohne Kühlung ohnehin nicht zu retten gewesen.

Wir standen an der Reling. Das Oberdeck war überfüllt. Ich fragte Despina, wie es ihr ginge, und sie ließ ihre Arme hilflos fallen.

Es sei halt ein Aufschub, und sie sei nicht glücklich darüber. Jetzt müsse sie sich das alles ja doch wieder überlegen. Sie hatte gedacht, dass sie entschlossen sei, aber das stimme nun doch nicht. Obwohl diese Panne für sie ein Zeichen sei, dass sie richtig handle. Ich verstand das nicht. Ich hätte das eher für ein Zeichen gehalten, dass die Schicksalsgötter dazwischengefahren waren. Aber Despina meinte, dass ihre Welt da so nicht mehr funktioniere, dass sie über ihren Entschluss nur froh sein konnte. Wie solle man auch in einer Welt, in der Schwimmwesten gestohlen werden konnten, ein Kind großziehen? Das war doch nicht zumutbar. Ich solle mir die Mütter und Väter an Bord nur genau anschauen. Sie hatte recht damit. Die Leute mit den Kindern waren besonders unruhig und gingen immer wieder nachfragen. Eine Mutter mit einem Baby im Kinderwagen saß mit leerem Blick da und schaukelte den Kinderwagen. Es sah herzzerreißend aus, und man konnte sehen, wie viel Angst sie hatte. An der Reling standen Trauben von Menschen da, wo die Schwenkarme für die Rettungsboote angebracht waren. Die Frauen mit den Kindern waren nicht dabei. Aber wahrscheinlich war das eins von diesen Heldenmärchen, mit denen wir wieder zu Helden erzogen werden sollen, dass man Frauen und Kinder zuerst in die Rettungsboote einsteigen ließ. So lange ich lebe, hatten sich fast immer die Kapitäne in Sicherheit gebracht, und das wussten wir nur, weil die Fernsehteams so schnell an Ort und Stelle waren. Sonst hätte man doch wieder die alte Geschichte erzählen können. Der eine von diesem Kreuzfahrtsschiff war mittlerweile eingesperrt. Er saß in einer Zelle, aber er lebte, und die, die er zurückgelassen hatte, die waren tot. Es gab nur noch Überlebende, und warum lernte niemand daraus? Wozu gibt es die Vorstellung von einem Ernstfall, wenn der doch immer ist? Diese Fährenpanne war das beste Beispiel. Und wo war der Kapitän von dieser Fähre?

Es wurde dann lethargischer. Das begann schon nach einer halben Stunde. Die meisten Personen gingen langsam wieder in die Kabine zurück. Heroben saßen alle da, starrten vor sich hin und redeten nur leise. Es wurde auch leise geweint. Ich hätte gerne etwas zu trinken gehabt, und Despina sagte, sie besorge uns das. Ich meinte, dass doch alles geplündert worden sei, aber Despina schüttelte den Kopf. Nein, nein, sagte sie. Irgendjemand würde ihr schon etwas verkaufen. Das wäre doch der Sinn vom Plündern.

Ich wartete oben. Wir wollten diesen Platz ganz hinten an der Reling nicht verlieren. Despina kam lange nicht zurück, aber dann brachte sie eine Dose Pepsi. Ich bekam die Hälfte. Despina wühlte in ihrer Reisetasche und fragte, ob ich eine Jacke oder einen Pullover ausborgen wolle, sie habe viele warme Sachen mitgenommen, weil sie gedacht hatte, sie würde nach dem Eingriff frieren. Der Wind hatte aufgefrischt, die Sonne war hinter einer dünnen Wolkenschicht verschwunden. Wir knobelten um die Jacke. Ich verlor und bekam den Pullover. Despina nahm mir das alte ausgewaschene T-Shirt von Gerhard ab und warf es ins Meer. Der Pullover war dann gleich wunderbar schützend, und ich wusste gar nicht, wie ich mich bedanken sollte. Ich solle der nächsten Person bei meinem nächsten Schiffbruch den Pullover weitergeben, sagte Despina und gab mir noch einen

Schal dazu. Sie lehnte sich mit dem Rücken gegen die Reling und verschränkte die Arme.

Sie habe sich also gründlich verrechnet, sagte sie dann. Sie habe mit Minas auch so viel geredet, weil der doch Bühnenbildner in Deutschland sei, und sie habe sich wahrscheinlich erhofft, es fände sich eine Arbeit für sie. Ich solle sie nicht falsch verstehen. Das sei nicht das Motiv für diese Geschichte gewesen, aber jetzt, wenn sie so nachdenke, dann habe sie sich auch eine Rettung aus ihrer Situation erhofft. Man begänne eine Liebesgeschichte ja doch mit so einem dicken Bündel von Erwartungen, von denen man selbst nichts wisse. Schließlich hatte sie diese Ausbildung als Grafikerin, und es war viel über Minas' Arbeit geredet worden. Da hatte sie aber noch nicht gewusst, dass der Minas nur mit dem Peter Schneider zusammenarbeitete und sonst keine Aufträge bekäme.

Im Theater in Deutschland sei das so, jemand wird einem Team zugerechnet, und dann kann man nur da arbeiten. Wie sie das begriffen hatte, da war sie schon in das Gewirr mit ihm hineingezogen. Das war das Ganze gewesen, ein Gewirr. Im Juli und im August war der Minas alleine da gewesen, da war er eine ganz andere Person als später, als dann alle eingeflogen kamen. Dann fragte mich Despina, ob ich schon einmal ein Verhältnis mit einem verheirateten Mann gehabt hätte. Da musste ich lachen. Ich sagte, dass ich dazu bisher noch keine Zeit gehabt hätte.

Mein Vater war ein verheirateter Mann, wie ich auf die

Welt kam. Die Mami hat ihn deshalb verbannt. Er hat sich dann viel später scheiden lassen, aber das hat nichts mehr geholfen. Die Mami hat ihn aber verbannt, weil er ihr nicht geholfen und sie mit allem alleingelassen hat. Wir haben ihn auch nicht gebraucht. Die Sidi war immer da und der Georg, und ersetzen könnte er auch niemanden. Man muss sich schon bewähren, um einen Platz bei einer anderen Person zu bekommen. So automatisch geht das längst nicht mehr.

Despina sagte, dass ihr Erster schon ein verheirateter Mann gewesen sei und dass sie das vielleicht geprägt habe. Wir lachten darüber, und ich fragte sie, wie das mit ihrem Vater sei. Von unten war Gejohle zu hören, und dann redete ich doch wieder über Marios.

Es kamen dann immer wieder Durchsagen von der Brücke. Es könne uns nichts passieren. Man solle Ruhe bewahren. Nach jeder Durchsage gab es mehr Tumult, aber dann wurde es gleich wieder ruhig, und alle redeten so leise weiter.

Despina wunderte sich nicht über Marios und seine Prepaids und dass er mich nicht angerufen hatte. Sie selbst habe ein Prepaid für sich und daneben ein Kartenhandy auf den Namen vom Gerhard. Da riefen die an, wenn sie in Deutschland waren und ihr Aufträge gaben, und wenn sie in Griechenland waren, benutzten sie es dann selber. Die telefonierten ja ununterbrochen. Aber deshalb habe die Geschichte mit Minas so gut funktioniert, weil er auch ein Prepaid gehabt habe, das nur er benutzte. Auf ihren Prepaids war alles in griechischer Schrift, und die zwei Deutschen, die seien nicht so geschickt in diesen Dingen und hätten das nicht einmal in lateinische Schrift umtranskribieren können. So sei ihre Geschichte von allen anderen in der griechischen Schrift ferngehalten gewesen. Im Übrigen sei es hier üblich, so zu telefonieren. Zwar bekäme man billige Telefontarife nur gegen Vorlage von Dokumenten, aber wer wolle schon jedes Gespräch jederzeit geortet führen. Das liefe jeder Vorstellung von Unabhängigkeit der griechischen Seele zuwider.

Wir fanden dann beide, dass wir ein Recht auf nichtnachverfolgbare Kommunikation haben, und sei es nur für das Verhältnis mit einem verheirateten Mann. Wir fanden, dass wir überhaupt das Recht auf freie Bewegung haben sollten, und an der Reling lehnend, schafften wir alle Dokumente ab. Wir wollten keine Pässe oder andere Auskünfte mehr, in denen festgelegt wurde, dass wir männlich oder weiblich sind. Wir wollten keine Nennung von Religionen oder Nationen. Wir wollten unbeschriebene Blätter mit der Freiheit der Selbstbeschreibung sein. Wir wollten eine neue Sprache dafür verwenden, und Griechisch sollte die Basis sein. Wir meinten, dass jeder Person diese besondere Freiheit das Erlernen einer neuen Sprache wert sein sollte. Überhaupt sollte die Welt in Einheiten von Freiheit gerechnet werden und das Geld abschaffen. Freiheit heiße auf Griechisch Eleutheria. Despina buchstabierte das für mich. Epsilon, Lambda, Epsilon, Ypsilon, Theta, Epsilon, Rho, Iota, Alpha. Man könne eine Einheit mit … Sie suchte nach einem Beispiel, wie das gerechnet werden könnte. Mir fiel sofort das Recht zur Abtreibung ein, aber ich sagte nichts. Despina meinte dann, dass ein Eleutheria die freie Wahl des Partners sein solle. Sie schaute traurig und ein bisschen wütend dabei.

Wir bemühten uns dann aber und lachten und kicherten und versuchten, in halbwegs guter Stimmung zu bleiben. Wir konnten die Situation aber nicht überdecken. Die Leute um uns redeten wieder sehr laut, und man regte sich über ein weinendes Kind auf. Dann erregten sich die Leute über die Leute, die sich über das weinende Kind aufgeregt hatten. Es begannen sich Gruppen zu bilden, und Feindschaften schienen sich anzudeuten.

Ein Eleutheria sollte die Freiheit sein, ein intaktes Fährschiff benutzen zu können, sagten wir dann. Ich dachte daran, wie das Schiff als Metapher der Moderne beschrieben wird, und fragte mich, wie ich das mit meiner Situation in Beziehung setzen sollte.

Wir konnten dann nicht mehr lachen und auch nicht mehr kichern. Ich sagte mir die Buchstaben von Eleutheria immer wieder vor. So heruntergesagt klingt das sehr schön.

Epsilon, Lambda, Epsilon.
Ypsilon, Theta, Epsilon.
Rho, Iota und Alpha und Ende.

Das war ein Trostgedicht, denn es dauerte dann noch lange.

# Zeta

**Despina war in Dortmund** aufgewachsen. Ihr Vater war aus Deutschland. Seine Großeltern waren Flüchtlinge aus Breslau gewesen und hatten sich eine neue Existenz aufgebaut. Ihr Vater war Techniker und hatte das deutsche Internet mit aufgebaut. Er lebte mit seiner zweiten Frau noch immer in Dortmund und kam mit seiner Familie zum Urlaub auf die Insel. »Alles relaxed«, sagte Despina. Die Eltern ihrer Mutter waren Kommunisten in Griechenland gewesen und nach dem Bürgerkrieg 1949 in die DDR gegangen. Nach dem Ende der Militärdiktatur seien sie aber zurückgegangen, und es gab auch die Rückgabe ihres Eigentums. Das sei aber nicht vollständig, und es gäbe immer noch Verfahren deswegen. Aber es geht in diesen Kämpfen am Ende ja immer um die Enteignung.

Ihre Mutter hatte dann bei Olympic Airlines gearbeitet und war nach Frankfurt in das Büro dort geschickt worden. In Frankfurt in der Straßenbahn hatten ihre Eltern einander kennengelernt, und nach der Hochzeit war Despinas Mutter nach Dortmund gezogen. Wenige Jahre nach Despinas Geburt war ihre Mutter mit MS diagnostiziert worden, und sie war dann nach einem Sommerbesuch bei ihren Eltern auf der Insel nicht mehr nach Deutschland zurückgekehrt. Damals hatte noch ihre Mutter gelebt, also Despinas Großmutter, und die hatte sich um alles gekümmert. Despina ging aber weiter in Deutschland bei ihrem Vater in die Schule und blieb noch lange da. Dann war es aber ihren Großeltern schlechter gegangen, und die Großmutter war gestorben. Der Großvater war sehr alt, und Despinas Mutter ging es schlecht, obwohl alle es für ein Wunder hielten, dass sie überhaupt noch lebte. Despina hatte ihre Arbeit in einer Agentur verloren und sollte sich umschulen lassen. Da war gerade die Großmutter gestorben, und sie hatte herkommen müssen.

Despina sagte, sie sei nun sechsunddreißig Jahre alt geworden und habe es nicht weiter gebracht als zur Hausangestellten von Gerhard und Peter. Dabei sei das die einzige Arbeitsmöglichkeit auf der Insel, und sie müsse froh sein, sich ein bisschen etwas verdienen zu können.

»Meine Schwester macht das genauso«, sagte ich und wollte fragen, was mit dem Vater von Despina sei, da wackelte das Schiff plötzlich richtig stark, und es gab einen Aufschrei. Es passierte aber nichts weiter. Rundherum versuchten alle zu telefonieren, es gab immer wieder Zusammenrottungen und laute Rufe und böses Geschrei.

Ich konnte mit einem Mal keine Luft mehr bekommen. Ich musste ganz ruhig stehen bleiben und konnte nicht mehr reden. Es war unmöglich einzuatmen. Es war, als wäre die

Brust mit etwas anderem schon voll gefüllt und kein Platz für einen Atemzug. Dann musste ich den Pullover ausziehen und den Schal in die Tasche stopfen, am liebsten hätte ich auch die Bluse ausgezogen. Es war aber nicht wegen der Wärme. Es war wegen des Gefühls von den Stoffen auf meiner Brust. Ich musste vor allem die Kehle und das Brustbein frei haben. Ich knöpfte die Bluse auf und drehte mich zum Meer um. Beim Anblick des Strichs Land am Horizont bekam ich das Gefühl zu schrumpfen. Ich rutschte von mir selber weg. Ich konnte mich von oben sehen und wie ich in rasender Kamerafahrt von mir wegzoomte, bis ich mich selbst fast nicht sehen konnte. Ich wollte mich an Despina wenden, aber die stand ähnlich gelähmt neben mir. Ich wollte ihre Hand nehmen und sie bitten, Marios zu sagen, dass ich als Letztes an ihn gedacht hatte. Aber ich konnte mich lange nicht bewegen und Despinas Hand nicht nehmen, und das machte mich noch verzweifelter. Ich blieb lange so stehen und konnte nichts sagen. Dann verging der Zustand, und ich wurde entsetzlich müde. Ich war dann gleich froh, dass ich nichts sagen hatte können. Es wäre so peinlich sentimental gewesen. Ich hätte sie gebeten, Marios zu sagen, dass er die Liebe meines Lebens war und dass es deshalb nichts machte, dass ich sterben musste. Ich musste lange sehr vorsichtig atmen, weil ich so ein Stechen unter dem rechten Rippenbogen hatte. Da war ich dann schon wieder unglücklich darüber, dass ich überhaupt etwas von Marios gesagt hatte. Es kam mir schon wie Verrat vor, seinen Namen genannt zu haben. Ich wollte so gerne schweigend zu ihm fahren und nur ihm sagen, dass es nur uns beide gab, damit die Welt nichts von uns wissen sollte. Ich hätte neben ihm stehen mögen und es gar nicht sagen müssen, dass nichts zwischen uns kommen könne.

Despina stand nach vorne über die Reling gebeugt. Sie weinte. Die Tränen rannen aus ihren Augen und tropften hinunter. Ich konnte nichts tun. Ich stand neben ihr und versuchte wieder ruhig atmen zu können und der Panik keinen Platz zu lassen. Aber wieder schien das Wasser um das Schiff weit weg zu geraten, und die Vorstellung hineinzufallen, wurde immer unglaublicher. Mein Körper kam mir steinschwer vor, und ich fühlte mich in einem rasanten Fall zum Meeresboden stürzen und dort liegenbleiben. Immer wieder lief diese Vorstellung in mir ab: Ich schlug auf dem Wasser auf und sank als Stein auf den Meeresgrund, und Marios würde nicht einmal erfahren, dass ich da unten lag. Niemand würde wissen, wo ich mich befand. Und wer sollte nach mir suchen? Marios musste denken, ich hätte mich nicht an die Vereinbarung gehalten. Evangelos konnte sagen, ich wäre nach Athen mitgekommen und dann meiner Wege gegangen. Die beiden Skipper hatten mich nie gesehen. Peter Schneider und seine Hausgenossen hatten sich sicherlich meinen Namen nicht gemerkt. Die Sidi und der Georg, die würden schon nach mir fahnden. Aber die wussten nur, dass ich nach Athen gelangen hatte wollen. Die wussten nichts über meinen Aufenthalt. Der Opi in Kaiserbad würde nach mir fragen, aber die Großmutter da, der würde ich nicht fehlen. Ich würde vermisst sein, und sie könnte sagen, dass sie den Opi gewarnt hatte. So ein uneheliches Kind, da könne man ja nie wissen.

Ich würde überhaupt niemandem fehlen, und in dem Augenblick hätte ich gerne an die ewige Seligkeit geglaubt, denn dort hätte ich die Mami wiedergesehen. Aber so ein Glaube war nicht einmal in so einem Moment möglich, und es war nicht die aufgeklärte Erziehung von meiner Mutter. Es war die Angst vor dem Sterben meiner katholischen Großeltern. Die gingen immer in die Kirche und glaubten an alles, und doch hatten sie die wahnsinnigste Angst vor dem Sterben. Die freuten sich kein bisschen, im Tod ihren Gott zu treffen. Die wollten diesen Gott nicht kennenlernen, obwohl der ihr ganzes Leben bestimmt hatte. Es war wohl eine Ahnung, dass dieser Gott mit Hilfe der Kirche sie bestimmt hatte, aber dass sie diese Vorstellung selbst fabriziert hatten und daher nur sich selbst gegenüberstehen würden, die die Angst auslöste. Dabei waren sie vorkonziliar und erhofften sich von der lateinischen Messe mehr Erlösung als in einer Messe in ihrer eigenen Sprache.

Despina drehte sich an der Reling wieder dem Oberdeck zu und sagte etwas auf Griechisch. Sie sagte das sehr laut und hielt dabei die Hände mit den Handflächen nach oben. Alle hielten inne und schauten. Dann stand eine Frau auf und kam zu Despina. Eine andere Frau kam dazu. Die Frauen fragten und redeten. Ich wurde weggeschoben, und

Despina war von den Frauen umringt. Es wurde immer lauter geredet, und Despina redete mit einer verzweifelten hohen Stimme. Die Frauen antworteten und redeten selbst mit dieser Stimme. Die Männer waren auch aufgestanden, aber sie blieben an ihren Plätzen und kamen nicht näher. Eine Frau hatte ein Baby. Das Baby begann zu weinen. Zwei Kinderwagenkinder stimmten in das Geschrei ein. Die Frauen an der Reling umringten Despina und redeten auf sie ein. Andere klagten wütend und schienen Flüche zu zischen. Das Meer lag glitzernd um uns. Die Männer schauten schweigend auf uns Frauen. Die Frauen, die nicht zu Despina gekommen waren, schauten zu Boden. Despina war nicht mehr aus dem Gewirr herauszuhören.

Da kam die Durchsage. Die Klagen wurden eilig niedergezischt. Dann nahmen Frauen und Männer ihre Kinder und ihre Taschen und die Buggys und Koffer. Die Frauen um Despina eilten zu ihren Plätzen. Um die Abgänge entstand ein Gewühl und neues Geschrei. Wir setzten uns auf die freigewordenen Plätze. An den Stiegenaufgängen wurde weiter aufgeregt geredet und gedrängelt. Kinder weinten, und mitten in das größte Durcheinander auf den Stiegenabgängen gab es ein grollendes Geräusch, und der Motor war wieder zu hören. Alle standen still und lauschten. Dann gab es Applaus, alle klatschten in die Hände. Es wurde gelacht und umarmt. Die Kinder schrien weiter. Despina und ich schauten einander an und mussten dann auch ein bisschen lachen. Die Fähre drehte sich in einem großen Bogen um sich selbst und fuhr dann weiter. Wir hatten einen Platz auf der Bank ganz hinten in der Mitte gefunden. Ich zog den Pullover wieder an, und wir schauten auf die Bugwelle.

Wir kamen an, es standen viele Menschen am Pier. Es wurde fotografiert, und ein Kamerateam war schon da. Die Fähre tutete immer wieder, es war irgendwie triumphal. An Bord wurde immer wieder geklatscht und gerufen. Die Menschen von der Fähre winkten den Menschen im Hafen begeistert zu, und die winkten zurück. Es gab Durchsagen, aber die wurden im Lärm ertränkt. Die Fähre drehte sich wieder langsam um sich selbst, und die Landeklappe wurde heruntergelassen. Die Autos wurden herausgewinkt, die Passagiere strömten daneben auf das Pier. Es war ein wildes Gedränge. Es gab Umarmungen, während das Fernsehteam Interviews machte und einen Mann in der Uniform der Fährlinie befragte.

Wir waren auf dem Oberdeck geblieben und wollten warten, bis der größte Tumult vorbei war. Was ich jetzt machen wolle, fragte Despina und seufzte. Ich müsste nun auf die spätere Fähre nach Athen warten. Sie solle sich keine Sorgen um mich machen, sagte ich. Ich würde eben warten. Despina nickte. Ob ich zu ihrer Tante mitkommen wolle. Da könnte ich mich wenigstens wieder auf ein Sofa legen, sagte sie. Natürlich nur, wenn ich wolle. Diese Tante sei eigentlich eine Cousine ihrer Mutter, und man müsste mit dem Bus in den Ort hinauffahren, aber ich hätte ja mindestens fünf Stunden Zeit.

Ich ging dann einfach hinter Despina her, und sie half mir, gleich ein Ticket nach Athen zu lösen. Sie verstand, dass ich mit dem Ticket das Gefühl hatte, Athen schon wieder näher zu sein. Dann gingen wir zu einem Bus und fuhren eine steile, gewundene Straße hinauf. Ich saß rechts und hatte die Bergwände gleich hinter dem Busfenster. Der Bus hielt in jeder Kurve an, und Leute von der Fähre stiegen aus. Unsere Haltestelle war am Rand einer Altstadt, wir stiegen da durch schmale Gassen und Stufen zum Haus von Despinas Tante hinauf. Dort war niemand zu Hause, aber der Schlüssel lag oben auf dem Rahmen der türkisfarbenen Haustür, und wir gingen in das Häuschen.

In dem Haus kam man in einen Gang und musste gleich wieder eine schmale Stiege hinauf. Diese Stiege führte in eine Küche hinauf, und dann ging es über die Stiege weiter in einen Raum, der weiter nach hinten gebaut war, und die Decke der Küche war eine Terrasse. Im Zimmer gab es einen offenen Kamin und ein Sofa und Fauteuils davor. An der Wand war ein riesiger Flachbildvideoscreen. Ich ging an die Terrassentür und schaute hinaus. Man konnte das Meer sehen.

Die Tante habe zwei winzige Häuschen zu einem gemacht, sagte Despina. Die Tante sei schon in den Neunzigern aus Athen zurückgekommen und vermiete unten billige Zimmer an Hotelangestellte in der Saison. Früher war sie im Winter in Athen geblieben, aber die Steuern auf einen zweiten Wohnsitz hatten das unmöglich gemacht, weil auch der Kredit für den Umbau immer noch abzuzahlen war, und die Pensionen seien ja um zwanzig Prozent gekürzt worden. Die Einnahmen aus dem Vermieten seien nicht so hoch, weil die Hotelangestellten nicht einmal mehr einen Mindestlohn bekämen. Aber die Tante wolle keine Touristen aufnehmen, da müsste sie noch einmal umbauen, und dazu habe sie die Kraft nicht mehr.

Despina schaute auf das Meer hinaus. Ich wusste nicht, was ich sagen sollte. Es schien doch so zu sein, dass die Politiker meinten, dass alle schon froh sein mussten, überhaupt am Leben gelassen zu werden. Es schien doch so zu sein, dass immer wieder Gruppen in der Bevölkerung ausgesucht wurden, die dann zum Abstieg gezwungen wurden.

In den Zeitungen, in denen ich über Griechenland gelesen hatte, da waren die Griechen sehr bald nach Ausbruch der Krise selbst für ihre Krise verantwortlich gemacht worden, und sie wurden ganz offen als faul und korrupt bezeichnet. Es hatte geheißen, dass die Griechen sich einmal selbst helfen mussten, bevor die Rettungsschirme aufgespannt werden sollten. Mich macht das ja wütend, weil ich die Sidi in Griechenland habe und weiß, wie man sich da als normale Person nicht selber helfen kann. Selber helfen, das können immer nur die Kriminellen. Die halfen sich selber und verkauften die Schwimmwesten und luden die Kontrolleure für die Schwimmwestenausstattung auf eine Prostituierte ein, die sie selber nach Griechenland menschengehandelt hatten. Eine ordentliche Person kann sich in so einem Staat nicht selber helfen.

Ich schaute Despina genau an. Sie sah plötzlich müde und verhärmt aus. Sie telefonierte und redete sehr aufgeregt auf Griechisch in ihr Handy. Sie ging auf und ab und schob den schweren Vorhang vor den Glasscheiben auf die Terrasse hin und her. Sie nieste immer wieder und hielt sich ein Taschentuch vor die Nase.

Ich hatte mich auf das Sofa gesetzt und schaute ihr zu. Ich hätte sie fragen wollen, was sie dachte und wie sie sich fühlte, aber das ging natürlich nicht. Sie hatte sich abgewandt und ging dann auch auf die Terrasse hinaus.

Despina weckte mich dann auf und sagte mir, dass ich zur Fähre aufbrechen müsse und ob sie mir mit einem Athener Telefonbuch helfen solle. Die Tante habe ein veraltetes und nur von Athen selbst und nicht von den Außenbezirken. Ich hatte Despina erzählt, dass ich Marios' Eltern im Telefonbuch suchen und so die Adresse herausfinden wollte. In gedruckter Form traute ich mir zu, den Namen zu finden und die Adresse zu transkribieren. Despina sagte, ich solle ihr den Namen sagen, und dann suche sie mir das, aber ich brauchte das nicht. Ich hatte doch alle Buchstaben für den Nachnamen von Marios gelernt und ich sagte sie auf:

Epsilon, Lamdda, Epsilon.
Ypsilon, Theta, Epsilon.
Rho, Iota und Alpha und Ende.

Ich leierte das herunter, und wir lachten. Despina lachte lange und sagte dann, ob mir klar sei, dass alle diese Frauen auf dem Schiff, die sich um sie versammelt hatten, das alle selber gemacht hatten. Dann ging Despina in die Küche hinunter.

Ich bekam noch Tee und Kekse. Despinas Tante war noch immer nicht zurück. Ich benutzte das Badezimmer. Despinas Tante hatte die wunderbarsten Seifen und Badesalze in allen Farben.

Dann verabschiedete ich mich. Despina wollte bis zum Bus mitgehen, aber ich wollte das nicht. Sie solle sich schonen, sagte ich, und wir umarmten einander. An der Tür unten küsste sie mich, und wir hielten einander fest umarmt. Es war ein Abschied für immer, denn wie Despina sich auch entscheiden wird, sie wird eine andere sein, und wir wussten das beide. Ich wusste auch nichts zu sagen und küsste sie noch einmal und ging.

Da, wo Despinas Tante wohnte, da war es wie in Churio. Kleine weiße Häuschen waren in die Felsen übereinandergestapelt und die Gässchen und die Stufen eng und schattig. Vom Bus aus waren die Hotels zu sehen. Weithin gedehnte Glaspaläste in die Felsen hineingezwängt. Es ging die steile Straße zum Hafen hinunter. Ich konnte gleich auf die Fähre gehen. Das war eines von den wirklich großen Fährschiffen, und ich hatte einen Platz auf einem Flugzeugsessel in der Glaskabine auf dem obersten Deck.

Despina hatte mir das geraten. Sie nähme auch immer so

einen Sitzplatz. Da könne man schlafen und lesen, und außerdem sei es da sicher. Die Fahrt betrüge ja doch mehrere Stunden, und ich sollte ausgeruht in Piräus ankommen. Athen sei so anstrengend.

Ich konnte dann aber nicht sitzen blieben und ging die ganze Fähre immer wieder auf und ab. Ich wanderte treppauf und treppab und alle Decks entlang. Diese Fähre fuhr viel schneller, und sie schien technisch perfekt zu sein.

Dann sah ich auf dem Zwischendeck meine Mutter. Sie ging von mir weg und um eine Ecke. Das ist eine Stressreaktion. In Zeiten großer psychischer Belastung treten solche Phantasien auf, und natürlich ist das ein Rettungswunsch. Der Verlust der Primärbeziehung ist in jedem Alter ein Trauma, aber für eine Fünfzehnjährige, bei der die Mutter die einzige Bezugsperson war, ist das auf jeden Fall ein Trauma. Ich war gerade in Gefahr gewesen. Jedenfalls hatte ich das Gefühl gehabt, ich sei in höchster Gefahr. Todesangst muss außerdem keine reale Begründung bekommen. Wahrscheinlich waren wir keinen Augenblick in Gefahr gewesen und wären auf jeden Fall irgendwie gerettet worden. Aber mir erschien meine Mutter, und ich ging ihr nach. Es war natürlich niemand da, und ich kehrte zu meinem Platz zurück und überlegte wieder, ob es nun besser gewesen wäre, ich hätte meine Mutter tot und im Sarg gesehen. Das hatte man damals nicht zugelassen. Ich hatte sie nie wieder gesehen, nachdem ich ihr alles Gute für die Operation gewünscht und ihr noch schnell ein Bussi auf die Wange gedrückt hatte. Aber es war trotz aller Neurotik schön, dass mein Wunsch nach meiner Mutter ihre Erscheinung in diesem Augenblick produzieren hatte können. Es war ja die Verinnerlichung dieser Person und damit wiederum die Persönlichkeit dieser Person in meinem Innenleben, die mir da vor die Augen kam. Die Vorstellung, dass meine Mutter ihren Tod nur vorgetäuscht und mit meinem entfremdeten Vater ein neues Leben begonnen hätte, diese Vorstellung quälte mich schon lange nicht mehr. Nein, in umständlicher Weise war es wirklich meine Mutter, die mir da vor die Augen kam. Ich lehnte mich zurück und machte die Augen zu. Ich konnte aber nicht mehr schlafen und begann wieder mit meinen Wanderungen.

Dann ging die Sonne unter, und alle gingen auf die Decks, dem zuzusehen. Ich ging schnell ans Selbstbedienungsbüfett und kaufte mir einen Salat und ein Fladenbrot. Ich stand an einem dieser Stehtischchen, spießte Salat auf und schaute durch die fettigen Scheiben auf den Sonnenuntergang hinaus. Das Besteck war aus Plastik wie im Flugzeug, und man musste sehr genau zielen, um etwas auf die Plastikzinken zu bekommen. Während ich mit dem Salat kämpfte, kam ein rundlicher, älterer Mann herein und kaufte einen Hotdog. Ich war extra hierhergegangen, während alle anderen mit dem Naturschauspiel beschäftigt waren, und ich wollte allein sein. Der Mann schaute mich aber prüfend an. Ich schaute so neutral wie möglich auf meinen Salat, aber der Mann kam doch auf mich zu. Es waren alle anderen Tischchen frei. Der Mann fragte mich etwas auf Griechisch, und ich sagte ganz erleichtert auf Deutsch, dass ich kein Griechisch verstünde, und hoffte, dass das Deutschlandressentiment mich vor diesem Mann retten würde. Der Mann grinste aber und stellte sein Tellerchen mit dem Hotdog und den Pommes auf mein Tischchen. Das wäre ja nett, sagte er. Das wäre ja richtig nett, wieder Deutsch sprechen zu können. Er sprach in einem breiten Wienerisch. Die Leute hier. Der Mann schaute sich kauend um. Die Leute hier, die würden ja nicht so gerne Deutsch hören im Augenblick, und man könne ihnen das nicht verdenken. Aber er komme aus Wien, und das habe mit den Deutschen gar nichts zu tun. Dann fragte er mich, woher ich käme. Ich sagte, auch aus Wien. Der Mann nickte. »Aha!«, sagte er. Er habe zuerst gedacht, ich sei eine Deutsche. So wie ich redete. Ich sagte nichts und spießte Salat auf.

Ob ich lange auf Santorin gewesen sei, gebräunt schaue ich ja nicht aus. Ich sagte: »Vier Stunden.« »Aha!«, meinte der Mann und dass das hieße, dass ich nur auf der Durchreise sei, und ob ich von dem Fährunglück gehört hätte. Das müsse ja schrecklich gewesen sein. Man wisse noch gar nicht, wie viele Tote da wieder zu beklagen seien. Der Mann schaute sich wieder um. Er habe doch ein mulmiges Gefühl, murmelte er mir dann zu.

Was denn da geschehen sei, fragte ich. Ja, meinte der Mann. So genau wisse man das nicht. Man erführe hier alles erst sehr viel später, wie ja hier alles ein bisschen hintennach sei. Der Mann zwinkerte mir zu. Dann sagte er: »Aber genau das lieben wir ja.« Diese Fähre, die sei gar nicht weit vor Santorin verunglückt, und man wisse doch, wie das mit Fährunglücken so liefe. »Ja?«, fragte ich. Ja, das sei wegen der Autos auf den Fähren, sagte er. Das käme vom Laderaum für die Autos. Wenn so eine Fähre versinke, dann fülle sich dieser Raum so schnell, und der Sog der Fähre würde dadurch ungeheuerlich gesteigert, und es gäbe kein Entrinnen. Das müsste man aber schon wissen, wenn man sich auf so ein Transportmittel einließe. Dieses Kreuzfahrtschiff, das da vor dieser Insel in Italien untergegangen sei. Diese Costa Concordia, na ja, ich wisse schon. So ein Schiff, das versinke viel langsamer, und man hat dann Zeit für die Rettung. Außerdem hätten da die Leute an Land schwimmen können. Das wäre da jetzt nicht möglich gewesen. Da war man zu weit weg vom Land.

Er aß, während er sprach. Ich hatte noch die Hälfte von meinem Salat und hoffte, der Mann äße seine Sachen sehr schnell und ich könnte wieder alleine dastehen. Ich war müde und nervös.

Er käme von Kreta, erzählte mir der Mann. Er habe eine Woche in Santorin eingelegt, weil er von Griechenland immer nur Kreta kenne. Er liebe ja Kreta, ich solle ihn nicht missverstehen, und er habe irrsinnig viele Freunde da, wo er sein Haus habe. Wo das denn sei, fragte ich. Gleich bei Chania, sagte er, und seien die Kreter nicht etwas ganz Besonderes. Bei denen funktioniere ja auch alles, und er unterstütze diese Bewegung weg von Athen. Dort, in Athen, da würde das Geld ausgegeben, das die Kreter verdienten, und die könnten ja auch sehr gut ohne den Rest von Griechenland auskommen, während Griechenland ohne Kreta nicht überlebensfähig sei. Man bräuchte nur so etwas wie einen zweiten Makarios, der diese Bewegung anführen könnte. Ob ich wüsste, wer Makarios sei. Ich nickte. Ja, dann wüsste ich ja, was er meine. Dann aß er wieder.

Was ich beruflich machte, fragte er. Sein Hotdog war gegessen, und er hatte mit den Pommes angefangen. Ich murmelte, dass ich zu studieren begänne. Der Mann beugte sich vor und schaute mir von unten ins Gesicht. Ich war doch sehr viel größer als er. Ja, meinte er. Ich sei noch viel jünger, als er angenommen habe. Der Mann steckte seine Pommes in einen Batzen Mayonnaise auf seinem Plastikteller. Ich konnte dann das Schweigen doch nicht aushalten und fragte ihn, was er denn so mache in seinem Beruf. »Ich bin ein Autor«, sagte er. Er sei ein Schriftsteller. Er sagte das triumphierend und steckte zwei Pommes auf einmal in den Mund. »Aha!«, sagte ich. Ja, meinte er, aber ich solle gar nicht nachdenken, ob ich ihn kennen könnte. Er schreibe nämlich unter Pseudonym, und ich sagte wieder »Aha!«. Jetzt dachte ich natürlich darüber nach. Er habe schon fünf Bücher herausgebracht, aber er müsse zugeben, dass er es noch nicht in die erste Reihe geschafft habe. Ich war verwundert und hätte fast gesagt, dass meine Mutter auch Autorin gewesen war. Dann kam mir das aber komisch vor, und ich fragte, in welchem Verlag seine Werke denn erschienen. Ach, das ginge da anders, wo er schriebe. Er mache das selbst, und das ginge sehr gut. Man müsse sich erst einen Namen in der Community erschreiben, und dann gäbe es erst einen Verlag. Wie er das denn mache, wenn er persönlich auftreten solle. »Wir schreiben alle unter Pseudonym, und wenn wir auftreten sollen, dann nehmen wir einen Schauspieler. Ich müsste natürlich eine Schauspielerin nehmen.« Er schreibe nämlich unter einem Frauennamen. Als Mann habe man keine Chance im historischen Genre. Wie das Pseudonym denn laute, fragte ich. »Barbara Anne Stringer-Whyte«, sagte er. »Whyte mit Walter, Heinrich, Ypsilon, Theodor, Emil.« So ein Doppelname auf Englisch gäbe einem erst die richtige Basis. Die Leser wollten keinen richtigen Autor. Diese romantischen Geschichten aus dem Mittelalter mussten nicht nur perfekt recherchiert sein, sondern die sollten insgesamt wie von Zauberhand daherschweben. Man wolle keine Person hinter diesen Texten vermuten müssen und schon gar keinen pladen kleinen Mann. Er sagte das im breitesten Wiener Dialekt und schlug sich auf den Bauch.

Mir fiel ein, dass solche Bäuche der kleine und der große Trommler genannt wurden, und musste mir etwas zu trinken holen. Ich kaufte mir wieder ein Pepsi. Ich weiß ja seit der Coca-Cola-Recherche, dass für Vegetarier Pepsi sicherer ist als Coca-Cola. Ich trank aus der Dose. Der Mann hatte aufgegessen und erzählte mir von seinem großen Vorbild. Diese Autorin hieße Sharon Kay Penman, und er vermute hinter diesem Pseudonym auch einen Mann. Diese Frau also, die schriebe natürlich auf Englisch, und das sei ja sein größtes Handicap, dass er auf Deutsch schreiben müsse. Es gäbe Gerüchte, dass sich hinter diesem Namen ein ganz berühmter Historiker aus Cambridge verberge. Jedenfalls seien diese Romane derart gut recherchiert, dass man sich körperlich in die Zeit versetzt fühlen könne, und genau das wolle er auch erreichen. Ein Buch schreiben, das wie eine Zeitreise funktioniere. Es sähe auch gut aus für ihn, und ich solle Ausschau halten. Er sei sich sicher, im nächsten Jahr auf der Bestsellerliste für historische Romane zu stehen. Ich müsste also nur nach Barbara Anne Stringer-Whyte suchen. Obwohl. Er hielt kurz inne. Das mit dem Pseudonym, das beinhalte auch die Möglichkeit, immer wieder mit neuem Namen zu beginnen. Er könne also nicht garantieren, dass er diesen Namen beibehalten wolle. Ich fragte ihn, ob er dabeibleiben würde, einen Frauennamen zu nehmen. Das sei unverzichtbar, sagte er. In diesem Genre gälten Männernamen nicht, obwohl er ziemlich sicher sei, dass Männer die Bücher schrieben. Nein, sagte er, das sei so in der Welt des historischen Romans, und das sei kein Problem. Dann ging er. Er ließ seinen Plastikteller auf dem Tischchen stehen. Ich nahm mein Pepsi und ging zu meinen Sitz zurück.

Mittlerweile war es schon fast ganz dunkel. Ich dachte an Despina und was sie wohl dachte. Ich hoffte doch sehr, dass sie das Kind bekommen wollte. Despina war eine lebende Romanheldin, und ich hätte mir gewünscht, dass die Mühe der Recherche auf ihre Geschichte und jetzt angewendet worden wäre. Ich war sicher, dass ihre Geschichte in mittelalterlichen Kostümen sofort ein Bestseller werden konnte, aber als Schicksal in der Entscheidung uninteressant. Das hieß ja, dass man gestorben sein musste und am besten schon lange tot, bis die Welt sich in die Geschichte hineindenken wollte. Aber es bestätigte die Annahme, dass es besser war, ohne jede Spur und nachrichtenlos zu leben. Was hatten Richard der Dritte oder irgendwelche Prinzessinnen von damals heute davon, dass Barbara Anne Stringer-Whyte mit Walter, Heinrich, Ypsilon, Theodor, Emil alles über die Kleider damals wusste und ob und wie die sich gewaschen hatten? Diese Geschichten waren verwest und verrottet, und Despina lebte. Das war ja auch eine Tristan-und-Isolde-Geschichte mit Gender-Verwicklungen. Diesmal schlief Minas-Tristan mit Peter-Marke am Ende des Schlafsaals der Ritter, und Despina-Isolde musste über die Betten springen, und es war diesmal vielleicht Menstruationsblut, das sich im Mehl auf dem Boden fand. Wieder fielen mir die Gesichter hinter den Fensterscheiben des Hauses von Peter und Gerhard ein.

Ich musste dann wieder herumgehen. Aber ich war nicht die Einzige, und ich traf immer wieder dieselben Leute auf den Gängen und Stiegen. Ich wünschte mir eine Schlaftablette, um über dieser Unruhe einschlafen zu können. Meine Mutter ist mir nicht mehr erschienen.

## Eta

**Ich bin dann doch eingeschlafen** und habe die Anfahrt auf Piräus versäumt. Ich wachte davon auf, dass rundherum alle in Bewegung kamen und an meinem Sessel anstießen. Ich blieb sitzen. Ich musste sitzenbleiben, ich war vor Aufregung starr. Dann ging ich schnell noch auf die Toilette.

Ich war in Athen. Ich war da. Ich war wirklich da, und ich war glücklich und unglücklich zugleich. Ich war ungeheuer erleichtert und hatte schon alle Abenteuer der Reise vergessen, aber ich musste mich nun bewähren und war plötzlich nicht sicher, wie mir das gelingen sollte.

Ich setzte mich wieder hin. Es dauerte dann ohnehin noch lange, bis die Fähre in dem verwinkelten Hafenbecken zu ihrem Ankerplatz gekommen war. Dort drehte die Fähre sich langsam herum, aber im Laderaum unten waren die ersten Autos schon gestartet worden. Es begann nach Auspuff und Benzin zu riechen. Nach langem ging erst die Laderampe hinunter, und die ersten Autos wurden hinausgewinkt. Ich musste mit den anderen von Bord, dann würde ich Marios finden, und dann war alles gut.

Zuerst kannte ich mich nicht gleich aus und ging einfach

hinter den anderen Passagieren her. Die Autos fuhren links von uns in einer langen Schlange von der Fähre weg und bogen dann zur Ausfahrt nach links ab. Wir mussten nach rechts gehen. Die Fähre hatte ganz am Ende des Hafenbeckens angelegt, der Weg war schlecht beleuchtet, aber man konnte sehen, dass auf den Bänken Menschen schliefen und dass in den Büschen am Zaun Zelte aufgeschlagen waren. Wir gingen im Gänsemarsch auf dem schmalen grünen Tarmac, auf dem immer wieder Piktogramme für Fußgänger aufgedruckt waren. Der Tarmac war weich und schluckte alle Geräusche, wir gingen fast lautlos durch den Hafen.

Ich hatte mich eingereiht und marschierte mit. Es dauerte lange, bis man an die Fußgängerbrücke zum Bahnhof kam. Der Hafen lag dunkel hinter uns. Nur dort, wo die Fähre aus Santorin gerade gelandet war, war alles taghell erleuchtet. Ein Kreuzfahrtschiff war voller Lichter, und man konnte die Menschen an Bord sehen, aber beim Gehen war man in der Dunkelheit gewesen.

Außerhalb des Hafens war alles hell erleuchtet. Von der Fußgängerbrücke konnte man in die Menge auf den Gehsteigen sehen. Autos in langer Kolonne sausten auf der Straße dahin und hupten ungeduldig. Es war laut und tobend, aber ich war desorientiert. Ich fand mich nicht zurecht und trottete dahin wie eine Automatenpuppe. Mein Mund war trocken, und ich konnte nur irgendwie so umständlich vor mich hin denken. Unter dem Hügel rechts leuchtete eine goldene Kirchenkuppel heraus, und der Nachthimmel überspannte als ein sternenübersäter Baldachin das Lichtgefunkel auf den Hügeln rund um den Hafen.

Ich fuhr mit der Rolltreppe gleich zum Bahnhof hinunter. Drinnen kaufte ich Wasser und das Ticket. Im Bahnhof liefen alle Leute und hasteten zu dem Zug rechts. Ich hätte laufen müssen, um diesen Zug noch zu erreichen. Ich schaffte das aber gar nicht und wanderte langsam auf den Bahnsteig. Ich setzte mich in den linken Zug, der in zwölf Minuten abfahren sollte. Der war noch ganz leer. Ich wollte sitzen und zur Besinnung kommen. Ich trank vom Wasser, das half ein bisschen gegen dieses mehlige Gefühl im Kopf.

Ich war weit nach vorne gegangen und blieb zuerst allein in meinem Abteil. Von da, wo ich saß, konnte ich über der Tür den Metroplan sehen, aber in der Metro in Athen wird die nächste Station angesagt, und es gibt eine Leuchtschrift mit dem Namen der Station. Ich wollte zur Station Syntagma, weil ich wusste, dass es dort bei den Telefonen an der Wand Telefonbücher gab.

Es kamen immer mehr Leute in den Waggon und besetzten alle Plätze. Ich starrte auf das Fenster. In der Station spiegelte ich mich und konnte alle Leute im Fenster beobachten. Ich hatte plötzlich das Gefühl, selbst beobachtet zu sein. Ich schaute alle Leute danach an, ob sie Geheimpolizisten sein könnten. Zwei Männer fielen mir auf. Sie setzten sich auf die Bank gegenüber. Ich schaute ihnen im Fenster zu, wie sie miteinander redeten und immer wieder rote Clownsnasen aufsetzten. Sie lachten und beugten sich zu meiner

Bank herüber. Neben mir saß aber auch eine jüngere Frau, und sie sprachen mit der. Diese Männer waren nicht jung. Sie waren beide schlank und sportlich. Der eine trug eine Art dunkler Bomberjacke aus einem glänzenden Stoff, und der andere hatte ein Sakko aus dunkelbraunem Leder an. Sie redeten alle Leute an und sprachen mit verstellter Stimme, wenn sie die Clownsnasen aufhatten. Ein paar Leute lachten, aber die meisten waren in sich gekehrt. Die Frau neben mir stand auf und setzte sich weg. Ich schaute ins Fenster und hoffte, der Zug würde bald abfahren.

Das dauerte noch, und eine alte Frau setzte sich auf den freigewordenen Platz neben mir. Die Männer machten aber weiter, und die Frau lachte herzlich über ihre Späße. Dann dachte ich, dass die Geheimpolizei diskreter auftreten würde.

Der Zug fuhr ab, die Zugbewegungen und die Geräusche wirkten einschläfernd auf alle, und auch die Männer auf der Bank gegenüber hörten mit ihren lauten Witzen auf. Sie redeten nur noch leise miteinander.

Ich starrte in die Nacht und kämpfte gegen die Lähmung in mir. Ich war nicht schläfrig oder müde, ich war langsam und unentschlossen. Ich wusste plötzlich nicht mehr, was ich geplant hatte. Warum wollte ich zum Syntagma-Platz? Warum hatte ich nicht Despinas Hilfe angenommen? Warum war ich so paranoid? Diese Männer gegenüber waren zum Abendessen in Piräus gewesen und hatten einen netten Abend gehabt. Ich sollte mir vielleicht erst einmal ein Zimmer suchen und nachdenken. Es war vorgesehen gewesen, dass ich bei Marios bin, und ich hatte nicht einmal nachgesehen, wo ich ein billiges Zimmer finden konnte. Ich sollte das iPhone herausholen und nachschauen, aber ich blieb in den Sitz gelehnt und ließ mich vom Zug schütteln. Ich wünschte mich auf jeden Balkon, an dem ich vorbeifuhr. Leute saßen heraußen und plauderten. Ich wünschte mich in jedes Restaurant, vor dem Leute an den Tischen saßen und aßen und Wein tranken. Ich wünschte mich in eine Wohnung, in die ich gehen konnte und die Tür hinter mir verschließen. Ich wünschte mir jemanden, mit dem ich mich beraten hätte können. Ich wünschte mir eine Freundin, aber nicht so eine erwachsene Person wie Despina. Ich wünschte mich zur Sidi und an ihren großen Tisch und zu ihrem guten Essen, bei dem ich keinen Augenblick nachdenken musste, ob ich es essen konnte oder nicht. Ich hätte auch mit dem Angelos über seinen Wein geredet, und der Georg hätte auch da sein sollen und die Lynn, und wir hätten Deutsch und Englisch geredet und Griechisch. Ich wünschte mir eine dicke Jacke gegen die Abendkühle. Dann begann ich mich aus dem Wünschen wegzuwünschen. Wir waren gerade aus Thissio abgefahren, und ich musste bald aussteigen.

Die Männer gegenüber setzten wieder ihre Clownsnasen auf und beugten sich zu der alten Frau neben mir vor. Dann deuteten sie auf mich, und die alte Frau lachte. Sie sagten etwas zu mir, und ich setzte mich gerade auf. Dann sagten sie etwas Beruhigendes und nahmen ihre Clownsnasen ab, aber ich stand auf, ging zur weiter entfernten Tür und stieg bei Monastiraki aus. Ich ging in Richtung der »Exodos«-Schilder und kam an eine Polizeisperre.

Eine Gruppe von Polizisten stand vor dem Aufgang. Es waren rot und weiß gestreifte Sperren aufgestellt, hinter denen die Polizisten standen. Die Rolltreppe lief und ratterte leer hinauf. Die Polizisten waren in grünen Kampfuniformen. Ihre Helme, ihre Kampfanzüge, die Beinschienen und die Brustpanzer, sogar die Handschuhe waren dunkelerbsengrün. Nur die Visiere und die Schilder waren durchsichtiges Plexiglas. Die Männer versperrten den Zugang zu den Stufen und der Rolltreppe.

Ich war schnell gegangen und musste mit einem Ruck stehen bleiben. Die Polizisten bemerkten mich gar nicht. Sie stützten sich auf ihre Schilder und tratschten miteinander. Sie hatten die Visiere hinaufgeklappt. Ich musste mich umdrehen und einen anderen Ausgang suchen.

Mein Kopf war immer noch so träge. Auf der anderen Seite der Metrostation kamen Menschen in großen Gruppen von oben. Eine Gruppe Frauen kam von links und zog nach rechts durch die Halle. Ihre Parolen waren schon von weitem zu hören, und die Polizisten gruppierten sich sofort in zwei Reihen hintereinander und zogen die Visiere herunter.

Die Frauen trugen Blaumänner und hatten ihre Haare unter bunten Kopftüchern versteckt. Sie trugen Transparente auf Besen und Bodenwischmopps angebracht, und sie skandierten einen Spruch. Das klang lustig. Im Griechischen gibt es ja so viele Endungen auf i, und deshalb klang das für mich wie ein Kinderreim. Ich folgte den Frauen. Sie kletterten laut skandierend die Stiegen hinauf, während ich die Rolltreppe nahm und ihnen so die ganze Zeit zusehen konnte.

Oben ging ich diesen Frauen nach. Auf einem Plakat stand auf Englisch »We are the Cleaners«, und ich erinnerte mich: Diese Frauen waren gerade von einem Ministerium entlassen und durch eine Servicefirma ersetzt worden. Die Frauen kämpften gegen diesen Vorgang. Sie demonstrierten zu jeder Gelegenheit, und die Polizei verhaftete sie bei jeder Gelegenheit.

Die Cleaners liefen über eine breite Straße und zwangen die Autos anzuhalten. Dann gingen sie über einen Platz mit Kiosken und Bänken auf einen Park zu. Die Gebäude hier waren alle im Stil des 19. Jahrhunderts. Die laute Musik war schon am Ausgang der Metrostation zu hören gewesen. Es waren Kampflieder, zuerst sang ein Mann, dann kam eine Frauenstimme, und immer war der Rhythmus herausfordernd und antreibend. Vor dem Park führte eine breite Straße quer entlang, auf der viele Menschen standen und umhergingen. Die Frauen liefen in diese Menge. Sie bekamen Applaus und Zurufe. Es wurde gepfiffen, und alle skandierten mit. Die Frauen lachten und wurden umarmt. Es war triumphal, wie sie empfangen wurden. Immer wieder begannen Leute zu applaudieren, und die Musik verstärkte alle Gefühle und schloss alle zusammen. Ich ging im Takt dieser Musik hinter den Frauen weiter mit.

Die Cleaners schwenkten ihre Besentransparente und Wischmoppschilder und wanderten dann wieder weiter. Die anderen standen oder gingen im Kreis. Die Frauen zogen durch die Menge. Sie begannen schneller zu gehen und verfielen dann in einen Trab. Sie liefen diese breite Straße hinunter und drängten sich durch die da herumstehende Menge. Immer wieder riefen ihnen Leute etwas zu, und sie riefen lachend zurück. Die Frauen stürmten laufend und skandierend dahin, und dann war ich mit einem Mal mitten im Demonstrationszug.

Ich wurde von der Menge mitgenommen. Die skandierenden Frauen waren irgendwo links von mir. Alle rund um mich gingen entschlossen nach vorne, und alle riefen etwas. Die Cleaners hatten ihren Verse gehabt. Die Leute rund um mich riefen etwas anderes. Weiter vorne gingen Personen in einer Reihe und hielten ein Transparent, das so breit war wie diese sehr breite Straße. Ein Mann ging ihnen voran und rief etwas über ein Megaphon. Alle fielen dann ein, und das war ein bisschen so wie in den Fürbitten in der Kirche.

Ich ging an die Seite und überholte diese Gruppe auf dem Gehsteig. Es stand »Freedom of press« auf diesem Transparent. Ich reihte mich weiter vorne ein. Die Personen gingen da schweigend, und nur das Geräusch des Gehens war da zu hören. Es war tiefe Nacht, die Straßenbeleuchtung reichte auch hier nicht bis zur Straße hinunter. Die Gesichter der Personen waren helle Flecken und verschwommen. Das Licht der Straßenlampen wurde von den breiten Kronen der Platanen rechts und links abgefangen. In den Häusern an der Straße brannte nirgends Licht, sie wirkten abweisend. Es waren wohl Bürogebäude, und man konnte immer wieder auf dem Gehsteig jemanden in die Gegenrichtung davonhasten sehen. Die Gehsteige waren da auf beiden Seiten durch Geländer von der Straße getrennt.

Es war angenehm, so ungehindert auf der Straße dahingehen zu können. Dann kam aber der Zug ins Stocken. Es gab Rufe und Geschrei weiter vorne, und auf einen Schlag drehten sich alle um und zogen sich die Schals vor das Gesicht. Ich hatte den Schal von Despina in der Tasche gelassen und deshalb keinen Schutz. Ich wollte in der Gegenrichtung zum Zug weglaufen und versuchte dabei, meinen Schal aus der Tasche zu zerren. Aber die Detonation war kaum zu hören gewesen, da war das Tränengas schon da. Ich hielt meine Tasche vor das Gesicht und atmete in die Tasche. Dann hielt ich die Luft an, bis ich den Schal herausgefischt und vor das Gesicht gepresst hatte. Die Tränen kamen aber auch sofort, ich konnte nichts dagegen tun. Ich stand da und heulte, und das machte mich unglaublich wütend und verzweifelt zugleich.

Ich fand mich der Masse der Demonstranten zugerechnet. Meine Verletzung war einkalkuliert, ohne dass ich jemandem bekannt gewesen wäre. Ich fühlte mich dadurch wie ausgelöscht und ohne jede Wichtigkeit, aber ich wurde zugerechnet.

In meiner Situation ist so etwas noch einmal schwieriger. Ich hatte ja nach dem Tod meiner Mutter lernen müssen, dass dieser Verlust nur mich betraf und dass ich es aushalten musste, dass mich niemand in meiner Trauer um meine Mutter verstand. Ja, es war sogar so gewesen, dass die meisten Mitglieder der Familie meiner Mutter sich große Mühe gaben, meine Trauer zu bagatellisieren und als hysterisch zu medizinalisieren. Es war dann nur mein Großvater gewesen, der sich dagegen gewandt hatte und mir half. Mein Großvater ist im Zweiten Weltkrieg gewesen, und meine Urgroßväter waren alle im Ersten Weltkrieg. Alle Männer in dieser Familie hatten getötet, und alle waren dabei schwer verletzt worden. Ich weiß nicht, was der Vater und der Großvater meines Vaters in diesen Zeiten gemacht haben, aber weil mein Vater in meiner Sozialisierung so überhaupt keine Rolle gespielt hat, ist das nicht wichtig. Es ist auch die Familie meiner Mutter nicht so wichtig, weil meine Mutter ja von da weggegangen ist. Mein Großvater hat sich dann irgendwie verantwortlich gefühlt. Aber seit diesem Abend im Wartezimmer vor dem Eingang zum Operationstrakt vor vier Jahren war ich immer außerhalb von allem gewesen und hatte nicht dazugehören können.

Auf der dunklen Straße unter den Platanen in Athen weinte ich wie alle anderen auch. Alle hielten ihre Schals und Tücher gegen ihre Gesichter gepresst. Alle deuteten einander, ob sie weiter nach vorne gehen sollten oder sich zurückziehen. Manche stürmten gleich wieder vor. Mit dem Tränengas waren alle wie in einer Welle zurückgewichen. Andere hasteten durch die Straße zu diesem Park zurück.

Ich heulte mit den anderen. Ich heulte öffentlich. Es war so wichtig gewesen, niemals in der Öffentlichkeit zu weinen und niemals das Ausmaß des Elends zu bekennen, und nun stand ich da, und die Tränen liefen mir in den Schal, und alle rund um mich grinsten mir unter den Tränen zu, und wir schauten einander prüfend an. Eine Frau fragte mich etwas, ich schüttelte den Kopf und sagte auf Englisch, dass ich kein Griechisch spräche. Da fragte sie mich: »Are you okay?«, und ich nickte weinend. Dann holte ich das iPhone aus der Tasche und hielt der Frau das Bild von Marios hin. Ob sie diesen Mann kenne oder gesehen habe. Die Frau schaute auf das Bild, dann schüttelte sie den Kopf. Da war aber schon wieder eine Detonation zu hören, und wir liefen beide an den Rand der Straße und nach hinten.

Diesmal hatte ich den Schal schon bereit. Es war Geschrei zu hören, und ich stand unschlüssig auf der Seite. Männer auf Mofas fuhren plötzlich zwischen den Demonstrierenden durch, man musste sehr aufpassen, von ihnen nicht umgefahren zu werden. Diese Männer trugen Motorradhelme mit Vollvisier, und man konnte ihre Gesichter nicht sehen. Immer wieder musste jemand wegen eines solchen Mofafahrers zur Seite springen. Es gab aber auch Tritte gegen die Mofas, und das sah wiederum für die Mofafahrer gefährlich aus.

Aus der Richtung des Parks kam eine neue Welle von Demonstranten. In der Dunkelheit sah das bedrohlich aus. Das Geschrei vorne wurde lauter, und die herankommende Gruppe begann schneller zu gehen. Beim Näherkommen sah ich, dass die jungen Männer sich beieinander untergehakt hatten. Sie trugen Holzstangen mit roten Fahnen. Sie gingen im Gleichschritt. Eine Sirtaki-Reihe, dachte ich. So fassten Griechen einander unter die Arme und um die Taille und tanzten miteinander. Die Sirtaki-Reihe füllte die ganze Breite der Straße aus, und dann hörte ich ihre Schuhe. Es waren Arbeiterschuhe mit Metallverstärkung vorne, und ich lief auf diese Reihe zu. Ich aktivierte wieder das Bild von Marios und wollte es diesen Männern zeigen. Marios hatte solche Schuhe erwähnt. Ich hatte damals gemeint, dass man friedlich demonstrieren müsse. Marios hatte nur erwidert, dass ich nichts wissen könne, und es war nicht wichtig gewesen. Mittlerweile hatte ich ja die Schienbeinschienen der Polizisten gesehen und die Knüppel und die Schilde. Und da, auf der Straße, war es vollkommen unlogisch, warum es nicht die Politiker selbst waren, die sich da hinstellten und die Tränengasgranaten zündeten und damit nur das weiterführten, was sie mit ihren Gesetzen machten, nämlich Unglück herstellen und verletzen. Das Indirekte an dieser Polizeipräsenz war greifbar widerlich. Es erinnerte an die Techniker bei einer Pornoproduktion, die ich in einer Schweizer Dokumentation gesehen hatte. Wie die Polizei da am Rand stand und so mit prüfendem Abstand zuschaute und dann im richtigen Augenblick ihren Job erledigte, das erinnerte mich an den Beleuchter und den Tonmann dieser Pornoproduktion und wie sie mit schmalen Augen während des Keuchens und Stöhnens des kopulierenden Paars ohne jede Reaktion ihren technischen Aufgaben nachkamen. Die Polizisten in der Metrostation fielen mir ein und wie sie sich angesichts dieser skandierenden Frauengruppe die Visiere bedächtig und irgendwie erwartungsvoll heruntergezogen hatten.

Meine Augen brannten, und ich verstand jetzt, warum so viele Leute hier in der Nacht mit Sonnenbrillen herumgingen oder sogar Taucherbrillen trugen.

Die Sirtaki-Reihe schob mich aber dann zur Seite. Hinter den jungen Männern formten junge Frauen genauso eine Reihe. Sie begannen ein Lied zu singen. Sie wurden mit ihrem Gesang immer schneller und schlugen mit den schweren Schuhen einen entschlossenen Takt.

Ich lief auf der Seite und hielt den Männern am Rand das Bild von Marios hin. Ob sie diesen Mann gesehen hätten. Niemand nahm Notiz von mir. Ich wandte mich an die Frauen. Die reagierten auch nicht. Diese Personen waren aber die passende Altersgruppe. Bisher war die Demonstration gemischt gewesen, die Mehrheit eher im Alter von der Mami. Ich hastete auf der Seite mit der Sirtaki-Reihe mit und hielt das Bild von Marios hin. Dann musste ich mich immer wieder vergewissern, dass Marios' Bild auch zu sehen war. Ich sah, dass ich Nachrichten hatte. Ich hastete weiter. Die Sirtaki-Reihe drängte alle vor und neben sich weg. Es wurde eng, und ich wurde an das Geländer zum Gehsteig geschoben. Ich wollte diese Gruppe nicht aus den Augen verlieren und arbeitete mich nach vorne. Es wurde geschoben und geschrien, und ich wurde herumgestoßen. Ich bin ja sehr groß, aber plötzlich konnte ich diese roten Fahnen nicht mehr sehen. Ich blieb stehen, um mich zu orientieren und umzusehen, und plötzlich war ich in der ersten Reihe und stand den Polizisten gegenüber.

Diese Polizisten waren in blauen Uniformen. Sie waren genauso ausgepolstert wie die grünen Polizisten, aber die blauen hatten auch noch Gasmasken an. Ich stand einem Heer von Gasmaskenfiguren gegenüber, das weit in die engen Gassen am Ende der breiten Straße reichte. Hebekanzeln schwenkten in unsere Richtung, und ich erwartete eine weitere Tränengasattacke. Aber da begann der Sturm der Polizei. Sie stürzten auf die Seite der Demonstranten herein und schlugen auf die ersten Reihen los. Ich konnte die roten Fahnen gerade noch eine Seitengasse hinauf nach links davonflattern sehen. Weil ich den roten Fahnen nachgeschaut hatte, stand ich nur blöd da und bekam einen Hieb gegen meine rechte Schulter. Ich wollte noch protestieren und sagen, dass ich doch nichts getan hätte, da lag ich schon auf dem Boden. Mein Kopf wurde gegen den Asphalt verdreht und gedrückt. Ich bekam Tritte in die Seite, und irgendjemand stolperte über mich und fiel auf mich. Meine Arme wurden verdreht. Ich wurde an den Haaren hochgerissen und weggeschleppt und in einen offenen Lieferwagen gestoßen. Weil meine Hände hinten gefesselt waren, konnte ich mich nicht auffangen. Ich wurde gegen die anderen Festgenommenen in diesem Transporter gestoßen, und weil alle ihre Hände hinten gefesselt hatten, konnte niemand vom Boden aufstehen. Ich robbte mich in eine Ecke. Ich erstickte fast unter denen, die hinter mir in den Wagen geworfen wurden. Dann hörte ich, dass ich schrie, und das beruhigte mich. Es gab aber einfach keine Möglichkeit, in eine aufrechte Haltung zu kommen. Wir lagen übereinander wie die Flundern, und ich fand erst beim Fahren einen Platz für meinen Kopf in der Ecke und konnte Luft holen. Nach dem ersten Chaos war das ein Glück. Ich konnte aber nur ein bisschen atmen, und wenn die Personen rund um mich sich bewegten, musste ich den Kopf wieder verdrehen.

Es wurde geschrien und auch gelacht. Es schien Verletzte zu geben. Wir waren eine heulende, jammernde Masse von Menschen. Dann sagte jemand etwas, und die schreiende Person antwortete ächzend. Es gab ein Herumgeschiebe und Gestoße. Mein Kopf geriet wieder voll unter die Person über mir, und nun begann ich zu schreien und konnte nicht aufhören, bis wir wieder aus dem Lieferwagen herausgeholt wurden. Aber ich habe mir das wahrscheinlich eingebildet, denn niemand reagierte. Ich hatte auf Englisch um Hilfe geschrien. Ich hatte mir gedacht, ich sollte in diesem Augenblick besser nicht auf Deutsch um Hilfe bitten. Ich war dann aber wohl stumm vor Angst gewesen und hatte gar nichts von mir gegeben. Es reagierte ja niemand.

Die Fahrt dauerte lange, und es gab kein Fenster. Niemand konnte sehen, wohin wir gefahren wurden, und niemand konnte von draußen sehen, dass wir gefahren wurden. Ich dachte, man sollte mit den Füßen gegen die Wand des Wagens treten und beim Stehen so laut wie möglich schreien, damit man draußen begreifen musste, dass wir hier in diesem Auto transportiert wurden. Aber ich konnte ja nichts auf Griechisch sagen.

Wir wurden aus dem Wagen herausgeholt wie die Mehlsäcke, aber die Luft war sofort beruhigend. Wir wurden abgeführt und mussten uns in einem Gang aufstellen, wo wir dann stehengelassen wurden. Hinter uns wurde eine Gitterwand geschlossen. Auf der anderen Seite stand ein Schreibtisch, an dem zwei Polizistinnen saßen. Es wurde begonnen, die Ausweise zu kontrollieren, und dafür wurden die Plastikfesseln abgenommen. Die Ausweise wurden angeschaut, und alle, die einen Ausweis hatten, mussten auf den Gang zurück. Die ohne Ausweis wurden weggebracht.

Ich hatte in dem Lieferwagen schon das iPhone vermisst. Das war weg. Das war verschwunden. Wahrscheinlich war es mir beim ersten Schlag auf die Schulter aus der Hand gefallen. Ich schämte mich, dass ich mich so widerstandslos niederschlagen hatte lassen. Ich setzte mich an die Wand und ärgerte mich über mich und dass ich mich verhalten hatte, als wäre mir jemand in der U-Bahn auf die Füße gestiegen. Ich hatte mich selbst wehrlos gemacht. Ich fühlte mich rechtlos dadurch und gekränkt. Es war richtig peinlich, was für ein Mädi ich da wieder gewesen war. Es war aber alles so schnell gegangen.

Alle rundherum hatten sich an die Wand gesetzt. Ein Mann lag auf dem Boden und hielt sich den Kopf. Seine Finger waren blutig von der Kopfwunde. Immer wieder ging jemand zu den Polizistinnen an den Schreibtisch und wies auf den Mann hin. Die Polizistinnen schickten alle wieder zurück, sie redeten weiter in aller Ruhe miteinander. Die eine Polizistin war eine sehr schöne Person, die andere war kleiner und stämmig und sprach laut. Es kamen Polizisten aus Türen hinter dem Schreibtisch hervor und verschwanden wieder dorthin.

Es passierte lange nichts. Dann kam die nächste Lieferung von Personen und eine nächste. Es wurde sehr laut. Viele kannten einander, und alle redeten miteinander. Die Verletzten wurden gleich vorne zum Schreibtisch gebracht. Der Gang war breit und hoch, aber der Lärm füllte ihn aus, und es wurde bald normal, da zu sitzen und nicht zu wissen, was nun geschehen würde.

Ich machte ein paar Versuche, auf Englisch etwas in Erfahrung zu bringen, aber ich bekam keine Antwort. Ich dachte dann, dass ich zu leise sprach und mich ganz einfach niemand deshalb gehört hatte. Alle schauten mich kurz an, und dann redeten alle miteinander weiter. Man deutete auf mich, aber niemand redete mit mir. Ich wurde schläfrig und fühlte mich wieder träge und langsam und hätte nur ein Bett haben wollen. Ich war nicht einmal mehr empört. Ich vergaß dann, warum ich überhaupt hier war. Ich lehnte vollkommen lethargisch an der Wand und konnte mich schon sehen, wie ich mich zur Seite gleiten ließ und auf dem Steinboden einschlief.

Der Gang sah aus, als wären wir in einem Polizeifilm aus den USA. Die Wände waren in rosabrauner, abwaschbarer Farbe gestrichen, und in der Mitte oben waren Leuchtröhren in Metallkästen befestigt. Der Boden war griechisch. Es war ein Terrazzoboden in Schwarz und Braun und kleinen roten Fleckchen. Eine Zeitlang suchte ich nach diesen roten Fleckchen und zählte sie.

Eine Frau rüttelte mich an der Schulter, und ich schrie auf, denn das tat richtig weh. Die Frau fragte mich etwas, und ich sagte ihr, dass ich nur Englisch spräche. Ob ich meinen Pass bei mir hätte, fragte die Frau nun auf Englisch. Ich holte den Pass heraus. Meine Hände waren langsam und fummelig. Die Frau nahm den Pass und ging zum Schreibtisch nach vorne. Es wurde geredet, die Frau sprach scharf und bestimmt mit den Polizistinnen. Dann wurde gerufen. »Cornelia Holzinger.« Das wurde griechisch ausgesprochen, und ich konnte meinen Namen erst gar nicht verstehen. Die schöne Polizistin las ihn dann buchstabenweise vor. Germanos, hörte ich, und die Frau kam, um mich zum Schreibtisch zu bringen. Die stämmige Polizistin nahm meinen Pass und ging weg.

Die Frau sagte mir, sie heiße Aphroditi. Sie sei Parlamentsabgeordnete der Partei Syriza. Sie sei Menschenrechtsbeauftragte und zur Kontrolle und Rechtshilfe hier. Ich könne sicher bald weg und in mein Hotel. Ich sagte ihr, dass ich kein Hotel hätte und dass ich jemanden suchen müsse. Wir standen beim Schreibtisch und warteten, und ich erzählte Aphroditi die ganze Geschichte und dass mein iPhone verloren und damit jede Kontaktmöglichkeit zu Marios abgeschnitten sei. Die schöne Polizistin hatte zugehört, und Aphroditi hatte mich bald vom Schreibtisch weggezogen. Am Ende meiner Geschichte seufzte sie. Dann zog sie ein Handy heraus und begann zu telefonieren. Sie wandte sich an mich. Ich solle niemandem vom Verlust des Telefons etwas sagen. Das wäre einfacher für mich. Dann musste ich mich aber wieder hinsetzen. Es würde erst geklärt, wie das mit den Anklageerhebungen sein würde, und es wäre noch kein Richter dafür da. Aphroditi redete dann mit anderen, und ich saß wieder da und zählte die roten Fleckchen im Terrazzoboden. Es gab drei verschiedene Sorten von Rot.

Irgendwann kamen Sanitäter, und der Mann mit dem blutenden Kopf wurde hinausgebracht. Da gab es ein Problem, weil ein anderer Mann mit ihm mitgehen wollte. Das durfte er nicht, er schrie die Sanitäter an, und die schrien zurück. Es kamen zwei Polizisten an den Schreibtisch, die

die Polizistinnen ablösten. Personen wurden den Gang hinunter zu Türen weggeführt. Aphroditi musste beim Schreibtisch stehen bleiben und durfte nicht mitgehen. Sie hielt dann jedes Mal einen Ausweis hoch, aber die Polizisten schauten durch sie hindurch. Überhaupt waren irgendwann dann mehr Polizisten auf dem Gang als festgenommene Personen. Die Polizisten redeten die ganze Zeit miteinander und nahmen uns gar nicht zur Kenntnis.

Dann hatte ich eine entsetzliche Krise. Ich hatte plötzlich die Angst, dass man den Namen von mir in einer Kartei hatte. Ich hatte plötzlich die Vorstellung, dass der Name meines Großvaters in einer Kartei aufbewahrt wurde. Der Opi war ja im Krieg hier gewesen. Der Opi war ein Kamerad vom Waldheim gewesen. Er hatte nie etwas darüber gesagt, was er im Krieg gemacht hatte, und die Mami hat ja auch deshalb einen anderen Namen angenommen. Ich heiße nach meinem Großvater, obwohl ich nichts mit ihm zu tun hatte bis zum Tod von der Mami, und ich dachte immer, dass ich mir nach meiner Großjährigkeit meinen eigenen Namen suchen werde. Aber da, in diesem Augenblick an der Wand, da fiel eine entsetzliche Angst über mich her, dass ich als Nachkomme eines Kriegsverbrechers erkannt werde und als eine Art Geisel ins Gefängnis gebracht werden würde. Ich musste mir lange vorsagen, mich selbst nicht so wichtig zu nehmen, und es war eine schwere Arbeit, mich aus dieser Vorstellung herauszuarbeiten. Diese Vorstellung lähmte mich vollständig und machte mich unterwürfig. Ich hätte in diesem Augenblick alles zugegeben und hätte alles richtig gefunden, was die Polizei auch machte. Ich wollte zu den Männern an diesem Schreibtisch hingehen und ihnen freiwillig sagen, wer ich war, obwohl ich doch gar nichts wusste.

Ich fühlte mich nur zu schwach, um aufzustehen, und so blieb ich sitzen, bis dieser Anfall vorbei war und ich mich nicht mehr aus der Gesellschaft der anderen Verhafteten wegwünschte. Es war natürlich diese Sprachlosigkeit gewesen. Alle redeten miteinander oder murmelten einander etwas zu oder verbündeten sich. Ich hatte nur Aphroditi, und dann kam ich auf die Idee, einen Anwalt zu verlangen, und fragte jemanden neben mir, wie das ginge. Ein Mann so um die dreißig sagte, ich bräuchte das sicher nicht. Ich käme in den nächsten Stunden da heraus. Ich solle mir keine Sorgen machen. Danach war ich wieder ruhiger.

Es war dann schon heller Tag, als ich mit einem Lift in eine weiße Marmorhalle hinaufgefahren und dort stehengelassen wurde. Ich hatte etwas unterschreiben müssen und dann meinen Pass wiederbekommen. Niemand interessierte sich mehr für mich. Ich hatte Aphroditi nicht mehr zu sehen bekommen und mich nicht bedanken können. Ich hätte sie auch gerne gefragt, was ich da unterschreiben solle. Es war alles auf Griechisch, aber ich wollte nur weg und unterschrieb auf der gepunkteten Zeile.

Ein Polizist hatte mich den Gang hinunter weggeführt, und ich hatte mich nach Aphroditi umgeschaut, aber sie war nirgends zu sehen gewesen. Ich wurde durch eine Sperre geschoben und bekam meinen Pass in die Hand gedrückt. Mein Name wurde wieder auf Griechisch ausgesprochen, aber das hatte ich da schon verstehen gelernt.

Vorher hatte sich noch eine andere junge Frau zu mir gesetzt gehabt. Aber sie hatte kaum Englisch sprechen können, und wir hatten einander nur anlächeln können. Wir hatten unsere Handgelenke angeschaut und verglichen, wie tief die Spuren der Plastikfesseln immer noch eingegraben waren, und ich hatte Mühe, meine Daumen zu bewegen. Die Frau stand dann aber gleich wieder auf. Vielleicht war sie ja nur eine Provokateurin gewesen, die herausfinden sollte, ob ich wirklich nicht Griechisch sprechen konnte.

Die Marmorhalle war riesengroß und weit, und es war alles aus weißem Marmor. Die Wände, der Boden, die Säulen, die Decke und der lange Tisch einer Rezeption. Alles war aus Thassos-Marmor, und ich stand in einer weißkristallinglitzernden Halle, die vollkommen leer und verlassen war.

Ich wusste nicht, was ich tun sollte, stand da inmitten dieser spiegelndglattweißglitzernden Pracht und wusste, dass sich irgendwo unterhalb davon dieser Gang befand und alle diese Zimmer hinter den Türen, die sich so rasch schließen hatten lassen. Ich stand da und fand mich nicht zurecht, aber dann hörte ich das Klingeln des ankommenden Lifts und ging schnell hinaus.

Draußen war wieder ein sonnenhell frischer Tag. Ich trat in das Sonnenleuchten hinaus. Es war noch kühl. Ich stieg die breite Treppe zur Eingangshalle dieses Hochhauses hinunter. Während des Gehens konnte ich mir schon nicht mehr vorstellen, dass dieser Gang unter diesem Haus sein sollte. Ich konnte mir nicht mehr vorstellen, dass diese weiße Halle und der stinkige Gang in ein und demselben Gebäude sein sollten. Die Vorstellung dieser zwei Welten schien mir den Kopf in zwei Teile zu zertrennen. Aber als Erstes brauchte ich eine Toilette. Ich hatte die Latrine hinter der Wand am Anfang des Gangs nicht benutzen können. Die Polizisten da hätten mir zusehen können.

## Theta

**Auf der anderen Straßenseite** sah ich eine Bar, und da wollte ich hin. Ich ging oben über die weite Terrasse am Rand der Freitreppe vor diesem Marmorhochhaus. Ich wollte gerade die letzten Stufen zum Gehsteig hinuntersteigen und ging auf eine Frau zu. Sie saß rauchend auf dem Rand einer Blumenwanne aus Beton. Unkraut hatte in allen Blumenwannen gewuchert und lag vertrocknet strohig da. Die Frau stand auf und drückte ihre Zigarette am Rand der Betonwanne aus, dann steckte sie den Zigarettenstummel in die Zigarettenpackung zurück. Sie wandte sich mir zu, aber ich versuchte auszuweichen. Ob ich Cornelia hieße, fragte sie. Ich schaute sie nur an und wollte an ihr vorbei. Sie sei Kynthia, sagte die Frau. Sie werde aber Kiki gerufen und sei eine Freundin von Aphroditi. Ich solle ihr sagen, wie sie mir helfen könne. Ich schaute sie nur gequält an und deutete auf das Café. Sie verstand sofort.

Wir gingen über die Straße. Das war schwierig. Die Fußgängerampel schaltete ewig nicht auf Grün, und die Autos und Motorräder zogen in einem endlosen Strom an uns vorbei. Wir hetzten in einer Pause über die Straße, und ich stürzte in das Lokal und rannte auf die Toilette. Da war mir dann ganz gleichgültig, ob diese Toilette sauber war oder wer die noch benutzt hatte. Ich setzte mich hin und blieb lange sitzen. Ich war so glücklich, auf einem richtigen WC sitzen und mir danach die Hände waschen zu können, dass ich gar nicht weitermachen wollte. Dann wusch ich mir aber doch Hände und Gesicht. Ich blieb einen Augenblick vor dem Spiegel stehen und schickte eine Gedankenwolke an die Mami. Vor einem Spiegel kann ich immer besser an die Mami denken, und ich bedankte mich für ihre Meckereien wegen der Umhängtasche. Die rote Freitag-Tasche hatte alle Umstände der vergangenen Tage ohne Schaden überstanden, und sie schaute noch genauso aus wie vor fünf Jahren, als wir sie in Basel gekauft hatten. Wenn ich das iPhone nicht verloren hätte, es wäre alles wieder normal gewesen. Ich ging zu Kiki in den Cafégarten hinaus. Sie habe einmal Wasser für mich bestellt, sagte sie. Und was ich sonst noch wolle. Kaffee, Tee oder Orangensaft. Orangensaft sei sehr wichtig für die Haut, sagte sie und klopfte sich auf die Wangen. »For the beauty.«

Kynthia-Kiki war auf jeden Fall über fünfzig. Aber sie war eine von den Frauen, bei denen man nur wusste, dass sie nicht mehr jung waren. Kiki konnte auch schon siebzig sein, man hätte es nicht gesehen. Später fand ich heraus, dass sie siebenundsechzig Jahre alt war und schon Brustkrebs überstanden hatte. Sie hatte große, runde, dunkle Augen, und ich könnte ihren Mund nicht beschreiben, weil sie dauernd sprach, rauchte oder einfach nur lächelte. Sie war groß und schlank, und sie saß mit übereinandergeschlagenen Beinen da. Sie hatte schon wieder eine Zigarette in der Hand und nippte an einem kleinen Kaffee.

Also, was sei das für eine Geschichte mit meinem Lover. Kiki zog an ihrer Zigarette und schaute mich freundlich fragend an. Ich trank vom Wasser, um Zeit zu gewinnen. Wem konnte ich hier vertrauen? Wer war diese Person? Wer hatte sie wirklich geschickt? Warum sollte sie mir helfen wollen? Wollte die Polizei mich doch überwachen? Was lief hier, und was für eine Rolle spielte diese Person?

Wie es komme, dass sie so gut Englisch spräche, fragte ich. Kiki grinste und trank Kaffee. Sie habe zur Zeit der Militärdiktatur in England gelebt. Das habe zu zwei Ergebnissen geführt. Erstens spräche sie jetzt halbwegs gutes Englisch, und außerdem bekäme sie eine winzige Pension aus England, die mittlerweile sehr wichtig geworden sei.

Der Kellner kam an den Tisch, und ich bestellte Kaffee und Toast und Orangesaft, und dann erzählte ich Kiki von Marios, aber ich nannte ihn in meiner Geschichte Stelios. Als Erstes müsste ich telefonieren, sagte ich, und Kiki legte ihr Telefon auf den Tisch. Ich nahm es nicht, und Kiki sagte, dass ich es ruhig benutzen sollte. Ich konnte aber nur seufzen. Zuerst müsste ich doch erst einmal ein Telefonbuch suchen. Ohne iPhone war ich ohne Kontakt mit der Welt und wusste nur die Nummer von der Sidi, weil sie die seit ewigen Zeiten hatte und ich sie deshalb noch gewählt habe. Sonst wusste ich keine einzige Nummer oder E-Mail. Während ich das dachte, bekam ich schon die Sorge, dass ich auch diese Telefonnummer verlieren könnte, und suchte nach meinem Notizbuch. Ich schrieb die Nummer schnell auf. Kiki schaute mir zu und rauchte. Ob ich zuerst einmal zu ihr kommen wolle und duschen, und dann könnte ich ja machen, was ich wolle.

Mein Kaffee und der Orangensaft wurden gebracht. Mein Misstrauen Kiki gegenüber kam mir sehr unhöflich vor, aber dann sagte ich mir, dass das ja der Trick war. Aber ich nickte. Was konnte schon sein. Diese Person konnte ja nichts mit Marios in Verbindung bringen. Ohne mein iPhone konnte niemand unsere Verbindung nachvollziehen, und ich brauchte dringend eine Dusche. Kiki schaute vor sich hin und gähnte dann. Ich wusste gar nicht, wie spät es war, und fragte sie.

Es sei schon nach 8.00 Uhr, sagte Kiki und gähnte wieder. Aphroditi hatte um 5.00 Uhr am Morgen angerufen. Ich schaute wahrscheinlich betroffen drein, denn Kiki lachte und tätschelte mich am Arm. Das sei nicht meine Schuld. Aphroditi rufe nur zu solchen Zeiten an. Jedenfalls seit der Sache mit den HIV-Frauen seien es nur noch solche Zeiten, weil Aphroditi sich in dieser Sache so stark engagiere. Früher einmal, da hätte man sich auch zum Abendessen treffen können, dafür war mittlerweile keine Zeit mehr. Als die Beauftragte für Menschenrechte ihrer Partei war Aphroditi Tag und Nacht im Einsatz. »Day and night.«

Dann beugte Kiki sich vor und lächelte mich an. Sie habe später einen Termin. Sie könne mich in ihre Wohnung bringen, aber dann müsse sie mich alleine lassen. Es gäbe einen Gerichtstermin, und da wolle sie teilnehmen. Es sollten so viele Personen wie möglich dabei sein, wenn darüber entschieden werden sollte, ob die HIV-Frauen weiter in Haft bleiben mussten oder nicht. Die Stimmung sei sehr angespannt und die Polizei nervös. Man erwarte spontane Demonstrationen, und deshalb wolle man diese Frauen noch mehr isolieren.

Mein Toast wurde gebracht, und ich sagte, dass ich jederzeit aufbrechen könne. Kiki zahlte. Sie ließ sich nicht davon abbringen und sagte, dass das das mindeste sei. Ich nahm den trockenen Toast und stand auf. Kiki musste lachen. »The Germans!«, rief sie, und ich erklärte wieder einmal, dass ich aus Wien käme und keine Deutsche sei und sowieso ein anderes Deutsch spräche. Kiki entschuldigte sich. Wenn das für mich wichtig sei, dann wolle sie mich nie wieder eine German nennen.

Wir mussten eine lange Straße bergab gehen. Kikis Auto stand in einer Seitenstraße, und wir fuhren den Weg zurück. Wir bogen in die breite Straße ein. Das Gebäude mit der weißen Marmorhalle ragte hoch in den Himmel vor uns, die Freitreppe glänzte in der Sonne. Der Rasen und die Pflanzen um den Aufgang waren braun und vertrocknet, überall lag Müll. Wahrscheinlich waren das auch Sparmaßnahmen, und es wurde nicht gereinigt oder bewässert. Das war alles sicherlich für bessere Zeiten geplant gewesen. Obwohl das ja sehr gute Zeiten für die Polizei und die Sicherheitskräfte waren. Die hatten doch richtig viel zu tun und konnten sich wichtig fühlen. Die Männer in den Gasmasken gestern, die hatten ihren Auftrag doch präzise ausgeführt und sich selbst nicht geschont. Diese Männer hatten doch das Recht auf einen perfekt gepflegten Aufgang zu ihrem Hauptquartier, in dessen Perfektion und Eleganz sich ihre Wertschätzung durch die Eliten ausdrückte.

Aber in der Krise kann nicht mehr gelogen werden, und Söldner werden schmucklos wie Söldner behandelt. Den Eltern dieser Männer waren gerade die Pensionen um zwanzig Prozent gekürzt worden, viele verloren wegen der Grundsteuern ihre Häuser und Wohnungen. Diese Männer schlugen also Demonstranten nieder, die für die Interessen ihrer Eltern eintraten. Diese Männer hatten den Auftrag, sozusagen ihre eigenen Eltern niederzuknüppeln. Aber für die Erledigung dieses Auftrags wurden sie von allen und sogar von ihren Auftraggebern verachtet, und es gab keinen Triumphbogen. Was für ein Job, die Befehle der Troika in Prügel umzurechnen, und dann keine Blumen in den Betonwannen vor dem Hauptquartier.

Kiki fuhr mit viel Schalten und Bremsen, und ich wurde in dem kleinen Wagen vor- und zurückgeworfen. Ich war aber ohne jedes Interesse und schaute nur zu. Wir waren eine halbe Stunde gefahren, Kiki hatte viel geraucht, aber nichts geredet. Sie schien tief in ihre eigenen Gedanken versunken zu sein, und ich wusste dann vor Lethargie gar nicht mehr, warum sie überhaupt da war. Es schien aber alles ganz selbstverständlich, und ich mochte sie. Beim Warten auf den Lift im Haus und während sie mir da erzählte, dass sie diese Wohnung von ihren Eltern bekommen habe, da mochte ich sie besonders. Ich sagte, dass das doch freundlich sei. Sie zuckte mit dem Achseln und antwortete, dass ihre Eltern Faschisten gewesen seien, und sie habe außer dieser Wohnung nichts von ihnen gehabt, aber diese Wohnung habe ihr ein gutes Leben ermöglicht. Kiki schaute bei dieser Erzählung auf den Boden und schüttelte den Kopf über diese Verwicklungen. Mein Großvater sei ein totaler Reaktionär, und trotzdem sei er in den letzten vier Jahren der einzige Schutz gewesen, den ich finden hatte können. Kiki schaute kurz vom Boden auf und wollte etwas sagen, dann kam aber gerade der Lift, und sie machte die Tür auf.

In der Wohnung schrillte das Telefon. Kiki sperrte eilig die Tür auf und lief in die Wohnung voraus. Ich kam nach. In der Wohnung waren alle Fensterläden geschlossen, es war dunkel. Kiki stand in einem schmalen Zimmer und telefonierte. Ich blieb im Vorzimmer stehen. Kiki deutete mir, mich hinzusetzen, aber ich musste schon wieder ins Badezimmer, und sie wies mir die Badezimmertür.

Im Bad wusch ich dann wieder lange die Hände und das Gesicht. Kiki klopfte an die Tür. Sie müsse weg, denn es gäbe Probleme. Sie zog mich in die Küche und führte mich hinter den Esstisch, wo ein Sofa stand. Da könne ich mich hinlegen. Das Badezimmer wisse ich ja, und ich solle mir nehmen, was ich wolle. Sie müsse ganz rasch zu Gericht. Im Übrigen wolle sie mir noch sagen, dass man in Athen das Wasser trinken könne. Athen habe eine sehr gute Wasserversorgung, es wäre Geldverschwendung, Wasser in Flaschen zu kaufen.

Dann lief sie selbst ins Badezimmer und schlug die Tür hinter sich zu. Ich setzte mich auf das Sofa. Kiki eilte dann noch in der Wohnung herum. Ich blieb sitzen und wartete, bis die Wohnungstür ins Schloss fiel. Ich wartete dann noch lange, bis ich sicher war, dass sie wirklich weg war.

Draußen war sehr lauter Lärm. Der Balkon vor der Küche ging auf einen großen Innenhof hinaus, in dem sich Kinder und Jugendliche versammelten. Sie schrien und liefen herum. Es gab kleine Raufereien. Eine Frau im schwarzen Trainingsanzug führte einen jungen Mann hinaus. Der drehte sich beim Weggehen zu seinen Freunden zurück und machte abfällige Handbewegungen hinter dem Rücken der Frau. Seine Freunde bogen sich vor Lachen.

Ich stand hinter der Balkontür und schaute hinunter. Ich hatte den Lärm erst gar nicht verstanden. Dann wurde gezischt und gerufen, und dann wurde es still. Ich ging an das Balkongeländer. Unter den Arkadenbögen der Schule auf der anderen Seite des Innenhofs stand eine Frau im schwarzen Hosenanzug. Die Frau war sehr dick, und die Jacke ihres Hosenanzugs reichte bis fast an ihre Knie. Sie stand so schwer und schwarz ganz ruhig da. Sie bewegte nicht einmal den Kopf über ihrem weißen Kragen. Sie schaute gerade vor sich hin, und am Ende waren alle still. Die Frau sagte etwas, und die Kinder und Jugendlichen schlugen ein Kreuz. Dann legten alle die Hände ineinander und schauten zu Boden. Der Jugendliche, den die Frau im Trainingsanzug hinausgeführt hatte, stand in der Ecke rechts allein allen anderen gegenüber. Die schwarze Frau betete etwas vor, aber ich konnte ihre Stimme nicht bis auf den Balkon herauf hören. Von oben konnte man aber sehen, wie die Freunde des jungen Mannes redeten und wie ein paar junge Frauen in einer Gruppe miteinander weiterlachten. Trotzdem hielten alle ihre Hände zum Gebet gefaltet und hielten die Köpfe gesenkt. Die Frau im Hosenanzug mit dem breiten weißen Kragen schloss das Gebet und ging unter den Arkaden nach hinten weg. Der Lärm setzte sofort wieder ein. Die Schüler und Schülerinnen strömten der Direktorin hinterher, und dann war es bald still auf dem Hof.

Ich ging duschen. Ich borgte mir einen Slip und ein Hemdchen aus. Ich wusch die Bluse von Despina aus und hängte sie auf dem Balkon auf. Ich ging an Kikis Schreibtisch und holte mir die drei Bände vom Telefonbuch von Athen. Kiki hatte ihren Computer angelassen, aber ich kannte mich mit einem PC überhaupt nicht aus, ich wusste auch nicht, wie das mit dem Konvertieren in die Lateinschrift auf diesem Gerät funktioniert hätte. Ich nahm das Telefonbuch und setzte mich auf die Couch. Ich begann nach dem Anfangsbuchstaben von Marios Namen zu suchen und wachte auf, da stellte Kiki gerade ein paar Plastiktaschen auf den Esstisch vor der Couch. Sie lachte mich an. Sie habe etwas zum Essen mitgebracht.

Ich müsse essen, sagte Kiki. Sie habe Spanakopita mitgebracht. Da gäbe es um die Ecke noch einen alten Bäcker, der das noch selber mache. Das müsse man ausnutzen, der würde auch bald aufhören. Ob ich etwas zum Anziehen bräuchte.

Despinas Bluse war schon wieder trocken, und beim Abnehmen der Bluse auf dem Balkon in der warmen Luft und der Stille der Schulstunde schien es mir wieder wichtiger als alles, Marios schnell zu finden. Auf dem Balkon über dem Schulhof fiel mich eine allesumfassende Ungeduld an und eine Ängstlichkeit für ihn, die alles Misstrauen Kiki gegenüber dumm erscheinen ließ. Ich zog die Bluse wieder an, und beim Spinatstrudelessen fragte ich Kiki, wie ich es machen solle, Marios zu finden.

Da wurde wiederum Kiki misstrauisch. Sie sei eine Linke, sagte sie, aber mit Anarchisten wolle sie nichts zu tun haben. Bei der Demo vor drei Tagen habe es schwerste Zusammenstöße zwischen den Anarchisten und der Polizei gegeben. Die Anarchisten gäben mit ihrer Gewalt den Sicherheitsbehörden nur weitere Argumente an die Hand, die Grundrechte noch mehr einzuschränken. Die Anarchisten gäben der Polizei die Möglichkeit, die Terrorismusparagraphen anzuwenden, und alle müssten die Rechnung bezahlen. Ich wüsste ja nun, was das bedeutet, und ich hätte von Aphroditis Einsatz profitiert. Kiki war empört und didaktisch. Ich solle nach Hause fahren und die griechischen Männer vergessen. Das sei die griechische Krise, ich könne ja ohnehin nicht verstehen, worum es ginge. Ich fände schon einen neuen Lover.

Ich konnte Kiki nur zuschauen, wie sie sich abgrenzte und wiederum ihre eingeübten Sätze herunterbetete. Sie ließ mich selbst noch fremder und entfernter fühlen als alle, die ich auf dieser Reise bisher getroffen hatte, aber das änderte nichts an meiner Einstellung. Es gab Marios, und es gab keinen Ersatz für ihn. Das waren diese abgefuckten Oldie-Sätze, dass die Zeit alle Wunden heilt und dass man alles vergessen könne, auch den größten Schmerz. Sie wollen, dass man immer neu gehorsam den Möglichkeiten folgt und in einer ununterbrochenen Trauerarbeit sich selbst an diese Möglichkeiten adaptiert. Sie dachten doch alle, dass es nur darum ging, die Wünsche und Vorstellungen von einer Person auf eine andere umzuleiten oder diese Person aus Verzweiflung in sich zu töten. Das nennen sie dann Funktionieren, wenn man Personen, die im Innenleben wichtig sind, je nach Notwendigkeit in diesem Innen für sich töten kann. Dann gehen sie und können Krieg führen und andere töten, weil sie innen schon den Friedhof mit sich herumtragen. Mit so einem Satz, dass es ja auch noch andere gäbe, da wurde der Verlust akzeptiert und die Tötung vorgenommen. In so einem Satz wurde all dem recht gegeben, was so einen Verlust verursacht. Warum sollte ich wegen der griechischen Krise oder den Erbschaften aus der griechischen Geschichte auf meine Liebe verzichten? Kiki mochte recht haben, dass ich noch viele Beziehungen haben werde, aber das bedeutet doch nichts für meine Gegenwart. Kiki hatte selbst gelebt, sie hatte Erfahrung. Aber auch wenn ich mich von Marios am nächsten Tag trennen sollte, dann wollte ich das mit ihm selbst bestimmen. Das war meine Geschichte, und ich konnte mich nicht mit Rücksichten aufhalten. Ich nahm das Telefonbuch und begann wieder nach dem Namen von Marios' Eltern zu suchen. Gedruckt konnte ich das schon finden.

Wir saßen am Küchentisch, die Teller vom Spinatstrudel und die Gläser für das Wasser standen noch da. Ich hatte mein Notizbuch aus der Tasche geholt und schrieb mir die Adressen unter den Namen in Lateinschrift um. Ich hatte drei Eintragungen mit dem Namen gefunden. Es fehlte noch ein Stadtplan, dann musste ich nur noch die Adressen abgehen. Es hatte keinen Sinn anzurufen, niemand sprach gut Englisch. Und wer würde mir schon übers Telefon Auskunft geben? Ich saß da und malte Buchstabe um Buchstabe, und Kiki saß rauchend daneben.

Sie stand dann auf, und ich dachte, sie wolle mich draußen haben, und beeilte mich. Ich malte griechische Buchstaben auf. Ich war nicht sicher, ob ich das auf einem Stadtplan lesen können würde. Kiki war ins Badezimmer gegangen, und ich legte noch schnell die Pölster auf der Couch zurecht. Ich stellte gerade die Teller vom Mittagessen in den Geschirrspüler, da hörte ich Geräusche aus dem Badezimmer.

Draußen hatte gerade eine Pause begonnen, und der ungeheure Lärm der Schüler und Schülerinnen verschluckte dann alles. Ich schloss die Balkontür und ging zum Badezimmer. Es klang, als weinte Kiki im Badezimmer. Ich war verstört. Ich hatte gedacht, nicht wichtig genug zu sein, um jemanden verletzen zu können. Aber da kam Kiki aus dem Bad, und Lachtränen liefen ihr über die Wangen. Ich wollte noch sagen, dass ich gleich verschwinden würde, da nahm sie mich um die Schultern und sagte, sie habe vor dem Spiegel so zu lachen beginnen müssen, weil sie mit mir geredet habe wie ihre Mutter mit ihr damals. Sie könne gar nicht begreifen, wie sie so weit kommen habe können, und ich solle ihr diese Adressen geben.

Wir gingen zum Computer. Kiki hatte noch einen Internetanschluss über das Telefon, es dauerte immer sehr lange, bis eine Antwort auf dem Bildschirm erschien. Wir saßen stumm da, und ich schaute zum Fenster hinaus. Das Fenster von Kikis Wohnzimmer ging auf die Straße hinaus, ich konnte auf die Balkone gegenüber schauen. Ich dachte, dass ich auch nur Palmen auf meinem Balkon haben wollte. Ich konnte auf drei Balkone schauen. Auf dem obersten standen Palmen in großen Kübeln, und die grün- und weißgestreifte Markise reichte gerade in die Palmwedel. Auf dem Balkon darunter standen Kommoden und ein großer Tiefkühlschrank. Auf dem untersten Balkon standen Grünpflanzen in großen und kleinen Blumentöpfen, und die Markise war alt und zerschlissen.

Kiki hatte einen Plan von Athen ausgebreitet. Sie malte Kreuze auf und sagte, dass es ein Glück wäre, dass Stelios diesen seltenen Nachnamen habe und dass sie Aphroditi gesprochen habe. Es gäbe keine Akte von einem Mann namens Stelios, obwohl das natürlich nichts sagte. Eine parlamentarische Menschenrechtsbeauftragte gälte ja nicht viel, und wir sollten bei der Adresse in Thissio beginnen. Wenn wir ihn da nicht fanden, dann kam Gazi und dann Psiri, und natürlich gäbe es diesen Namen noch an die zwanzigmal im Großraum Athen.

Sie müsse das nicht machen, sagte ich. Ich verstünde ihre Einwände wirklich, und es täte mir leid. Sie brauche eben noch einen Staat für ihre Vorstellung von der Welt, und das sei eben ein anderer Standpunkt.

Kiki stand auf und holte ihre Handtasche. Während sie die drei Schlösser an ihrer Wohnungstür versperrte, sagte sie, dass das alles mit ihrem Sohn zu tun habe. Der gehöre der kommunistischen Partei an, und das mache sie schon nervös. Ihre Partei sei eine demokratische linke Partei, vielleicht wäre das wirklich ein Generationenproblem. Obwohl ihr Sohn schon fast vierzig Jahre alt sei und nichts mit meiner Jugend zu tun habe.

Das Auto von Kiki stand gleich vor dem Haus, und wir fuhren los. Kiki redete ununterbrochen, sie sagte, dass es sie krank mache, wenn sie mit ansehen musste, wie ihr Sohn nie ein Leben haben würde, so wie es für sie selbstverständlich gewesen war. Ihr Sohn sei nun schon fast vierzig, und niemand von den Leuten in seinem Alter habe einen Vollzeitarbeitsplatz. Ihr Sohn arbeite fünfundzwanzig Stunden, das sei mehr, als die meisten hätten. Normalerweise fände sich nur ein Job für zwanzig Stunden, und da war kein Hindenken an eine Familie. Auf sie könne ihr Sohn sich ja auch nicht verlassen, weil es erst drei Jahre her sei, dass sie mit Brustkrebs diagnostiziert worden war, und ob sie es schaffen würde, über die magische Grenze von fünf Jahren zu kommen, das ließe sich jetzt einmal noch nicht sagen. Und sie habe ja auch nur mehr die Reste ihrer Pension und die englische Rente.

Wir fuhren um die Akropolis herum. Immer wieder konnte man auf die Hügel hinaufschauen, und Kiki sagte jedes Mal, dass ich jetzt wieder die Akropolis sehen könne. Sie selbst freue sich schon jedes Mal über diesen Anblick. Es gäbe nicht viel, worauf man in Griechenland stolz sein könne, aber die Akropolis, das sei schon etwas ganz Besonderes. Ich nickte nur und sagte nichts. Die Mami hatte das alles nicht so toll gefunden. Aber die Mami war eine Feministin aus einem katholischen Land, und die musste auf den Beitrag der griechischen Philosophen zu ihrer Kultur nicht aus nationalen Gründen stolz sein.

Die erste Adresse war das einzige Gründerzeitgebäude in der Straße. Es waren aber auch die Häuser aus den 60er und 70er Jahren lange nicht renoviert worden, alles wirkte gleich dunkel und heruntergekommen. Kiki drückte die Klingel neben dem Namen. Das Schild war mit Handschrift ausgefüllt, und ich konnte wieder nichts lesen. Es gab aber keine Antwort. Kiki läutete noch einmal. Ein Paar kam aus dem Haus heraus, und ich ging hinter ihnen durch die zufallende Tür. Kiki drängte sich nach und verdrehte die Augen. Sie sagte aber nichts, und ich war ihr dankbar, dass sie keine von diesen Bemerkungen über Verliebte gemacht hatte, die immer herablassend und in ihrer Art rassistisch sind.

Wir wanderten dann von Tür zu Tür und schauten auf die Namensschilder. Es waren immer zwei Wohnungstüren im rechten Winkel auf jeder Seite des Stiegenabsatzes. Dann ging es wieder über eine großzügige Stiege ins nächste Stockwerk hinauf. Es gab keinen Lift. Im dritten Stockwerk fanden wir das richtige Türschild. Ich wusste auch plötzlich, dass das die richtige Wohnung war. Wir hatten natürlich keine Zeit gehabt, über die Wohnungsumstände unserer Eltern zu reden, aber so kleine Hinweise hatte Marios doch gegeben. »Kein Lift.« Ich konnte mich erinnern, dass die alte Wohnung der Großeltern übernommen worden sei. »Kein Geld für Renovierungen.«

Ich legte mein Ohr an die Tür und lauschte. Es waren Geräusche zu hören, und ich drehte an der Klingel an der Tür. Das Ding schnarrte, aber es geschah nichts. Kiki fragte mich plötzlich, wie alt Stelios sei, und ich wollte gerade sagen, dass der richtige Name Marios sei, als Kiki mich zur Seite schob und gleich dreimal an der altmodischen Schnarrklingel drehte. Sie rief etwas. Dann läutete sie wieder. Rief. Schritte waren zu hören, und die Tür wurde einen Spalt aufgemacht. Eine Frau schaute durch den Spalt heraus und fragte etwas. Sie redete sehr leise. Kiki begann zu reden, und ich rief immer nur »Marios? Marios?«. Kiki hörte zu reden auf und schaute mich an. Ich sagte auf Englisch, dass wir nach Marios suchten und dass ich ihn von Churio kenne. Er erwarte mich. »He is expecting me«, aber die Frau reagierte nicht auf meine Sätze. Sie hörte Kiki zu und schüttelte den Kopf. Ich rief immer wieder »Marios! Marios!«, weil Kiki immer noch Stelios sagte. Kiki sagte dann etwas Eindringliches, und die Frau seufzte. Sie machte die Tür zu, und ich rief noch lauter »Marios?«, dann ging die Tür aber wieder auf und die Frau redete mit Kiki bei offener Tür. Ich war sicher, dass diese Frau Marios' Mutter war. Ich dachte, ich sähe eine Familienähnlichkeit. Dann war eine Stimme aus einem Zimmer zu hören. Die Stimme eines alten Manns. Die Frau rief etwas zurück und wandte sich wieder an Kiki. Die nickte, und die Frau verschwand den Gang hinunter. Ich wollte ihr nachgehen und in der ganzen Wohnung nach Spuren von Marios suchen und in alle Zimmer hineinschauen, aber Kiki hielt mich zurück. Sie hielt mich am Arm fest und sagte, ich solle ruhig sein. Die Frau kam den dunklen Gang herunter zurück und gab Kiki einen Zettel. Die Frauen redeten weiter miteinander. Sie begannen einander zuzunicken und freundlich ins Wort zu fallen. Kiki gab der Frau die Hand und wandte sich zum Gehen. Die Frau hielt mir die Hand hin, und da sah ich erst, dass sie viel zu jung war, um Marios' Mutter zu sein. Sie schaute mich lange an.

Dann umarmte sie mich und hielt mich einen Augenblick. In diesem Moment wusste ich, dass etwas Schlimmes passiert war. Ich machte mich aus der Umarmung los und begann zu fragen. Die Frau drehte sich aber weg, und Kiki zog mich zur Stiege.

Kiki stieg in sich gekehrt die Stufen hinunter. Sie war grimmig und blieb die ganze lange Fahrt zornig. Wenn ich etwas fragen wollte, deutete mir Kiki, ich solle ruhig sein, sie müsse nachdenken, und bremste und schaltete besonders abgehackt.

Kiki fuhr durch enge Gassen und schlängelte sich durch schmale Straßen, bis wir wieder auf einer dieser großen vierspurigen Straßen angelangt waren. Entlang dieser endlosen Straße standen Wohnhäuser mit vier bis sechs Stockwerken und mit den Balkonen und Markisen. Die Geschäftslokale im Erdgeschoss waren alle geschlossen, und die Auslagen mit Packpapier verklebt. Die Sonne schien, im Auto war es heiß, obwohl die Fenster ganz offen waren. Ich war plötzlich ruhig. Ich dachte, Kiki brächte mich jetzt zu Marios, und da dachte ich, dass Marios sich vor der Polizei verstecken musste.

Kiki fuhr schweigend dahin und rauchte. Ich fragte nichts mehr. Ich würde bald alles wissen, ich machte mir auch keine Gedanken. Ich würde finden, was zu finden war. Ich hatte das Gefühl, sehr gerade sitzen zu müssen und aufrecht in diese Schlacht zu gehen.

Dann bog Kiki in eine Querstraße. Wir fuhren an verlassenen Baracken vorbei, aus denen schon Bäume wuchsen, und das Gras hatte die Betonplatten der Straße längst gesprengt. Dann kamen wieder Wohnblocks, Kiki stellte das Auto unter einem Baum an der Straße ab. Wir stiegen aus, und Kiki ging die Straße zurück zu einer Einfahrt. Das habe der amerikanischen Armee gehört, sagte sie und wies auf die Reihen von Baracken links. Wir standen auf einem Parkplatz, auf dem fast jeder Platz besetzt war. Rechts war eine renovierte Baracke, vor der Männer und Frauen saßen und rauchten. Kiki ging in das Haus und schaute sich um. Dann fragte sie die Frau am Empfang und nannte einen Namen. Ich verstand etwas wie Ela. Kiki wurde weitergeschickt, ich folgte ihr. Wir mussten durch einen Warteraum. Das war ein Gang, in dem Plastikstühle an die Wände gestellt waren. Alle Plätze waren besetzt. In einer Ecke spielten Kinder. Wir mussten durch eine Tür, und ich dachte, die Aufschrift bedeute Office. Dann wurden wir wieder weiterverwiesen und kamen in ein Lager. Alle Wände waren mit Regalen vollgestellt, die mit Schachteln und Kisten vollgestopft waren. Wir mussten um die Ecke in eine Nische. Da standen Kühlschränke mit Glastüren, eine Frau stand davor. Sie hielt ein Clipboard in der Hand und beugte sich suchend vor.

Kiki sprach die Frau an. Die blieb erst in ihrer vorgebeugten Haltung und suchte weiter. Kiki redete, aber die Frau beendete ihre Suche und holte ein Schächtelchen aus dem Kühlschrank. Dann richtete sie sich auf und schaute mich an. Die Frau war sehr viel kleiner als ich. Sie war älter, aber nicht so alt wie Kiki. Sie musste so um die fünfzig gewesen sein. Sie hatte ein rundes Gesicht und tiefe Lachfalten, schaute aber sehr ernst. Wie ich heiße, fragte sie in perfektem Englisch. Woher ich käme und wie lange ich Marios schon kenne. Ich sagte ihr das alles und wollte wissen, was das bedeuten solle, da deutete die Frau uns, mit ihr zu kommen.

Wir gingen an den Wartenden vorbei auf den Parkplatz zurück. Die Frau holte Zigaretten aus ihrer Jackentasche und sagte, dass wir uns alle eine Zigarette anzünden müssten. Dann schaute sie mich wieder an. Sie müssten hier sehr vorsichtig sein, betonte sie. Das hier – die Frau deutete auf die langgezogene gelbe Baracke hinter uns – das hier sei eine Klinik, die von Freiwilligen geführt werde und in der gratis medizinische Hilfe angeboten würde. Die Kliniken werden von der Regierung lediglich geduldet, so wie eigentlich alle Selbsthilfeprojekte unwillkommen seien, und die Faschisten und die radikale Rechte versuchten ständig, diese Kliniken zu kriminalisieren und damit zu zerstören. Die Frau schaute die Zigarette in ihrer Hand an und zuckte mit den Achseln. Es könnte Schwierigkeiten geben, wenn herauskäme, dass sie hier Verletzte von einer Demo versorgten. Auf so etwas würde nur gewartet, um auch diese Klinik zusperren zu können und damit die Not zu vergrößern.

Ich schaute auch die vor sich hin glimmende Zigarette in meiner Hand an und wunderte mich, dass meine Hand nicht zitterte. Wir setzten uns aber dann auf eine freigewordene Bank an der Mauer der Baracke. Es sei alles nicht so schlimm. Mein Lover wäre nicht in Lebensgefahr. Das Problem sei, dass er mehrere Operationen bräuchte und dass er eben schon über neunundzwanzig Jahre alt sei. In diesem Alter gäbe es keine Krankenversicherung mehr. Ob dieser Marios in den letzten zwei Jahren einen Job gehabt habe, aber das konnte ich nicht genau sagen, und beide Frauen schüttelten traurig den Kopf.

Was nun passiert sei und wo er wäre, fragte ich, aber die Frau von der Klinik stand auf. Sie sagte etwas zu Kiki, die nickte, und die Frau umarmte mich. Ich solle auf mich achtgeben, sagte sie. Und ich könne jederzeit kommen, wenn ich Hilfe bräuchte. Sie mache hier jeden Tag Dienst. In den Spitälern waren alle dienstälteren Ärzte entlassen worden, um die billigeren jungen Ärzte einzustellen und gleichzeitig deren Lohn noch zu kürzen. Aber so habe sie also genügend Zeit für hier. Sie lachte leise, und dann schaute sie ernst. Eine Frau mit Kinderwagen und einem Kleinkind an der Hand kam auf den Eingang zu. Sie müsse weitermachen, sagte die Frau, von der ich dann erfuhr, dass sie wirklich Ela hieß. Sie müsse weitermachen, sagte sie noch einmal. Diese Frau käme wie viele andere hierher, weil hier Milchpulver ausgegeben würde. Es gäbe hier Kinder, die hungerten. Ela sagte das, als könne sie das immer noch nicht glauben, und sie lief der Frau in die Baracke nach. Kiki blieb sitzen und rauchte noch meine Zigarette zu Ende.

# Epilog

**Ich habe Marios dann** bei einem Schulfreund weit im Norden von Athen in Kifisia gefunden. Von der Wohnung da kann man auf einen Friedhof sehen.

Marios lag im Bett und war fiebrig von den Schmerzen. Bei der Demonstration, bei der wir einander treffen hätten sollen, war ihm ein Polizeiwagen gegen die Füße gefahren und hatte ihn gegen die Gehsteigkante eingeklemmt. Er hatte Trümmerbrüche der Tibia und der Fibula beider Beine. Die Mittelfußknochen beider Füße sind zertrümmert. Weil die Haut aufgeschürft war, sind Keime in die Knochen gelangt, und eine Osteomyelitis macht die Schmerzen bis heute noch unerträglicher.

Marios hat keine Krankenversicherung, weil er über neunundzwanzig Jahre alt ist und mehr als zwei Jahre arbeitslos war. Marios hatte noch nie einen richtigen Job gehabt, obwohl sein Studium abgeschlossen ist. Es gibt niemanden in Marios' Umgebung, der das Geld hätte, die nötigen Operationen zu bezahlen. Marios bräuchte mehrere Operationen, um wieder halbwegs normal gehen zu können. Außerdem wird Marios nach dem Terrorgesetz gesucht und kann in gar kein öffentliches Krankenhaus gehen, weil er sofort verhaftet würde, obwohl kein Haftbefehl vorliegt, da er ja auch kein Delikt begangen hat. Er steht nur einfach auf einer Liste der Polizei.

Mittlerweile kann Marios mit offenen Schuhen und Krücken ein bisschen gehen. An guten Tagen können wir am Fenster sitzen und auf den Friedhof hinausschauen. An schlechten Tagen muss Marios im Bett bleiben. Er wird von der freiwilligen Klinik mit Schmerzmitteln versorgt, und wir warten, bis er besser transportiert werden kann. Aber wir sind aus jeder öffentlichen Möglichkeit von Transport und medizinischer Versorgung aus Geldmangel und wegen Überwachung ausgeschlossen. Ich bemühe mich, an ein Wunder zu glauben, aber das wird manchmal sehr schwer.

Marlene Streeruwitz
**Nachkommen.**
Roman
432 Seiten. Gebunden

Am Morgen verabschiedet sich die zwanzigjährige Nelia Fehn von ihrem toten Großvater, am Abend sitzt sie als jüngste Autorin bei der Verleihung des Deutschen Buchpreises. In Frankfurt trifft sie ihren leiblichen Vater das erste Mal. Auf der Buchmesse wird sie gefragt, warum sie denn nun einen Roman geschrieben habe.

»Sie hatte nur nicht sagen können, was sie da gemacht hatte. Oder warum. Sie hatte nur einfach geschrieben, und jetzt war das ein Roman, und das Leben ging weiter. Sie wusste nicht einmal, ob sie wieder schreiben wollte. Weiter schreiben.«

Marlene Streeruwitz gewährt uns einen Insider-Einblick in das Literaturgetriebe, und es gelingt ihr, aus dem Ende der Literatur Literatur zu machen.



fi 1-074445 / 1